史學研究叢書‧歷史文化叢刊

先秦儒家教材研究
——以《詩》、《書》為中心

張偉保　著

目次

上編

總論：先秦儒家教材初探[1]

一　前言

　　本章旨在探索先秦儒家教材的產生和演變的經過，期望能為中國教育史增添點基礎材料。有關材料部分存於流傳至今的典籍之中，亦有部分材料散佈於近世出土文獻中。前者較易搜集，而後者則極為零散，筆者往往限於見聞，未必能全面收集和整理。也有一些新近發表的材料，筆者當繼續收集，俾免缺漏。

　　漢武帝時，司馬遷說：「學者載籍極博，猶考信於六藝」，又慨嘆「《詩》、《書》……缺」[2]，何況今天距離先秦之世，至少已逾二千二百年，要排比整理先秦儒家教材，其難度自然極大。然近世以來學術有不少進步，對古籍的整理有不少的突破；加上地不愛寶，先秦兩漢的甲骨、簡牘、帛書、彝器、玉石等記錄着古人行事的文字材料不斷出土[3]，提供十分寶貴的新材料。因此，對於先秦儒家教材的探究，或許是可行的，也可對有關課題稍作補充。

二　前六藝（官學獨尊）時期的教育

　　先秦教育可粗略劃分為兩個階段：一、官學獨尊時期；二、

---

[1] 拙文原題為〈先秦儒家教材試探〉，現略作調整，並稍加補訂。

[2] 瀧川龜太郎：《史記會注考證》（臺北市：藝文印書館，1972年），頁825。

[3] 可參看拙著：〈出土文獻概說〉，《書海指南：中國古籍導讀》（臺南市：能仁出版社，2006年）。

私學盛行時期。兩個時期頗難截然劃分，今以「三十而立」的孔子，首先開創平民教育為分界，即約在公元前五百二十年前後為斷。[4]

在「官學獨尊」時期，只有貴族子弟才有受教育的機會。遠在五帝、夏商時代，官位大致屬於世襲的。因此，學在官府和以吏為師便屬常態。除貴族以外，只有個別聰穎子弟受到特別的照顧，才以從庶人身份受到提拔而有接受教育的機會。即使是貴族子弟，也並不一定有相當的學養才能繼承父輩的官職。因此，孔子曾指出春秋時代或以前的入仕條件，「先進於禮樂」的是一般的平民黎庶，「後進於禮樂」的則是有土有民的君子。[5]

夏、商之世，記載缺略，關於當時的官學，即所謂庠序之教。其時既屬世官時代，故主要的教育當在家族之中。如百工技藝，必自幼習之，逐漸掌握其中技巧。《學記》說：「良冶之子，必學為裘；良弓之子，必學為箕。」[6]然而，天子富有四海，故當別有學校以教育皇族和公卿大夫的子弟。其所學即禮樂射御書數等貴族社會必須懂得的學問，亦即所謂「前六藝」。此種情況，亦必延續至西周以至春秋的中晚期，即上文所謂官學獨尊時代。究「前六藝」能持續千百年而不衰，概由社會性質、生產技術均在一種緩慢的演變狀態發展，並未經歷鉅大的變革，故所需學問即

---

[4] 孔子之前或有記載反映已有私人講學的活動，只是文獻欠缺確切證據，加上其對後世之影響實有限，故世人多認同孔子為平民講學的始創者。參看陳槃：《春秋列國的教育》，收於氏著：《舊學舊史說叢》（臺北市：國立編譯館，1993年），下冊，頁281-282。

[5] 楊伯峻說「後進於禮樂，君子也」，是指「先有了官位而後學習禮樂的是卿大夫的子弟。」見楊伯峻：《論語譯注》（香港：中華書局，2010年），頁108。

[6] 王夢鷗：《禮記今注今譯》（臺北市：臺灣商務印書館，1980年），下冊，頁486。

使有精粗巨細之別，卻沒有革命性的改變。《禮記‧文王世子》曾就當時教學安排加以較為詳細的說明，指出：

> 凡學（教）世子及學（教）士，必時。[7]春夏學（教）干戈，秋冬學（教）羽籥，皆於東序。小樂正學（教）干，大胥贊之。籥師學（教）戈，籥師丞贊之。胥鼓南。春誦夏弦，大師詔之。瞽宗秋學（教）禮，執禮者詔之；冬讀書，典書者詔之。禮在瞽宗，書在上庠。凡祭與養老，乞言，合語之禮，皆小樂正詔之於東序。大樂正學（教）舞干戚，語說，命乞言，皆大樂正授數，大司成論說在東序。[8]

至於諸侯國的貴族子弟受教育的內容，可從春秋中葉的楚國對世子教育的設計而獲得一些概念。《國語‧楚語上》的一段材料：楚莊王命士亹（音尾）作太傅，士亹雖堅辭卻不受允許，於是去請教賢大夫申叔時。申叔時對士亹講到太子應習的科目如下：

---

[7] 同前註，頁2760引《尚書 盤庚上》疏引此文曰：「『學』字……是古『教』字，下文同」，故此句即為「凡教世子及教士」，而下文所引「學」字皆是「教」字。

[8] 同前註，頁276-277。按此段文字較複雜，也有倒誤的情況，請參看王氏此段注文。為清晰理解這段引文，現引王氏譯文作參考：「凡是教世子及教士子，必有區分時期。春夏二時，教以干戈武舞；秋冬二時，教以羽籥文舞，教學皆在東序。小樂正教授干戈之舞，由大胥協助；籥師教授羽籥之舞，由籥師丞協助，大樂正教授武舞，則由大胥掌鼓，節以南樂。春天背誦樂詩，夏天則以絃樂伴奏，都由大師指導。秋天在瞽宗學行禮，由司儀者提調之。冬天則在上庠讀書，由典書者指導。凡是學校舉行祭典及養老乞言合語之禮，由小樂正在東序中指導之。合語及乞言，則由大樂正授以進行的程序，並由大司成加以總評，亦在東序中舉行。」

（1）《春秋》：其作用在獎善抑惡，「勸戒其心」。

（2）《世》（貴族宗譜）：說明有德者世顯，昏亂者世廢，以為鑒戒。

（3）《詩》：培養道德情感和意志。

（4）《禮》：使知「上下之則」。

（5）《樂》：除去邪念和浮躁情緒。

（6）《令》：瞭解百官職責和施政原則。

（7）《語》（貴族言論的記錄）：說明先王如何發揚德治，使民心歸附。

（8）《故志》（舊史）：使知道國家的興廢，心存戒懼。

（9）《訓典》（即《尚書》類典籍）：「先王之書」。[9]

　　通過這些材料，讓我們明瞭當時一般貴族學習的材料。這些教材，大部分是由「炎黃以來流傳下來作為樂典的歷代聖王樂舞，歷代君臣的典、誥、訓、謨、誓、令，以及西周的哲典、政典之類，徵集、整理以反映民俗、社況、政情、史蹟諸方面的詩章。」[10]申叔時在詳述世子教育內容後，再進一步說：

　　若是而不從，動而不悛，則文詠物以行之，求賢良以翼之。

9　參看張瑞璠主編：《中國教育史研究・先秦分卷》（上海市：華東師範大學出版社，1991年），頁33。按：《訓典》的解釋為「使知族類親疏，以區別對待」，似不準確，故改用《左傳・文公六年》夏「秦伯任好卒」條，杜預注。張氏同時指出這九種科目的內容包括政治、倫理、歷史和文藝等方面，比傳統的「六藝」更為豐富。又按：其中，《世》即《世本》一類材料。《漢書・藝文志》云：「《世本》十五篇，古史官記黃帝以來迄春秋時諸侯大夫。」；《語》也可能是《國語》一類文獻。王充《論衡・案書》云：「《國語》，左氏之外傳也。左氏傳經，詞語尚略，故復選錄《國語》之詞以實之。」

10　董立章：《國語譯注辨析》（廣州市：暨南大學出版社，1993年），頁625。

悛而不攝，則身勤之，多訓典刑以納之，務慎惇篤以固之。攝而不徹，則明施舍以導之忠，明久長以導之信，明度量以導之義，明等級以導之禮，明恭儉以導之孝，明敬戒以導之事，明慈愛以導之仁，明昭利以導之文，明除害以導之武，明精意以導之罰，明正德以導之賞，明齊肅以耀之臨。若是而不濟，不可為也。

且夫誦詩以輔相之，威儀以先後之，體貌以左右之，明行以宣翼之，制節義以動行之，恭敬以臨監之，勤勉以勸之，孝順以納之，忠信以發之，德音以揚之，教備而不從者，非人也。[11]

據董立章先生的研究，申叔時其實對士亹的指導十分全面，是「我國、也是世界首次對教育理論的系統闡述。」[12]他更提示士亹，如果經這種教育仍無法成材，最好是「就任師保不久便應辭職告退」，以免日後受到羞愧。[13]

到了春秋末年，經歷了「天子失官」、「禮崩樂壞」，諸侯兼併，大夫僭越的局面，社會形態發生急劇的變化。孔子適生於其時，既是「聖人之後」，又「好學不倦」，終於成為一代聖賢、萬世師表，成功開創平民教育的先河。

---

[11] 同前註，頁616-617。
[12] 同前註，頁626。
[13] 同前註，頁612。

三 平民教育的開端：孔子及其時代

孔氏之先世為宋人，是殷商皇族的裔孫，其曾祖父孔防叔因「畏華氏之逼而奔魯。」[14]防叔生伯夏，伯夏生叔梁紇，叔梁紇生仲尼，即孔子也。[15]孔子少孤，母顏氏與之回到故鄉曲阜，生活較為艱苦。孔子自幼即好學，「為兒嬉戲，嘗陳俎豆，設禮容」，又自稱「吾少也賤，故多能鄙事。」又說：「吾不試（用也），故藝。」[16]到了青年時，便「志於學」。關於孔子年輕時的經歷，文獻記載有限，如孔子以「好禮」見稱於世。年十七「母死……郰人輓父之母，誨孔子父墓，然後往合葬於防焉。」又《史記索隱》引《家語》說：「孔子年十九，娶於宋之丌官氏，一歲而生伯魚。」[17]年二十八時，郯子來朝魯，昭子提及「少皞氏鳥命官，何故也？」郯子說：「昔者，黃帝氏以雲紀……炎帝氏以火紀……共工氏以水紀……太皞氏以龍紀……我高祖少皞氏之立也，鳳鳥適至，故紀於鳥，為鳥師而鳥名，鳳鳥氏歷正也……孔子聞之，見於郯子而學之，既而告人曰：天子失官，學在四夷，猶信。」[18]孔子早年地位不高，事蹟亦較罕見。而所保留的資料，多與學習有關。到了而立之年，遂開始從事教育工作。

首先，孔子何以選擇開辦學校、擔任教師作為自己的事業。這可從其家世與學養兩方面來加以探討。家世方面，孔子既早孤，未能繼父親叔梁紇為大夫，家道遂中落。然其先世有大德，

---

14 瀧川龜太郎：《史記會注考證》，頁725。
15 瀧川龜太郎：《史記會注考證》，頁725-726。按：藝是技藝、技能。
16 楊伯峻：《論語譯注》，頁87、88。
17 瀧川龜太郎：《史記會注考證》，頁747。
18 《左傳·昭公十七年》，《十三經》（上海市：上海古籍出版社，1997年），頁1137-1138。

故被稱為「聖人之後……其祖弗父何有宋而嗣讓厲公。及正考父，佐戴、武、宣公，三命茲益恭……聖人之後，雖不當世，必有達者。今孔丘年少好禮，其達者歟！……若必師之」[19]，故有一定的社會地位與聲望，較能吸引弟子從學。另一方面，春秋時，禮義仍為社會的基本價值準則，故孔子既身處文化蓬勃的齊魯文化圈，又以「學無常師」，秉持「入太廟，每事問」的好學不倦的精神，終於在三十歲時有所卓立，故遂開創平民講學的新局面。弟子之中，雖有孟懿子、南宮适（音括）一類貴族出身的，但更多的是出身草根、或身世由貴族降至平民的子弟，如顏淵、子路、樊遲等。所以，孔子說：「自行束脩以上，吾未嘗無誨焉」[20]，大概反映了孔門的實際情況。

其次，弟子何以又熱衷於私學？這大概是為了回應當時社會的需求。其時，周天子地位下降，五霸皆以武力為尚，對傳統貴族教育未予應有的重視，甚或加以打壓。例如，鄭國的鄉校因譏議朝政，遭鄭國當權者之嫉諱，遂欲毀之，幸獲子產之力，才得以倖存。[21]由此可知，春秋晚年官學的普遍衰敗，而貴族間多僭越之行為。[22]因此，有一些貴族子弟希冀從學於孔子。至於平民子弟的求學原因，則有似於十九世紀初在中國沿海的狀況。其時接近澳門的香山縣民，往往為其子姪尋求學習英語的機會，以便

---

[19] 瀧川龜太郎：《史記會注考證》，頁727。按：時，孔子年十七。

[20] 楊伯峻：《論語譯注》，頁66。此外，「束脩」一詞除可解釋為「肉脯」外，另有一說是「束髮」，即年約十五歲的青少年。按：杜維明教授認為後一說更合理。

[21] 按：《史記》沒有為子產立傳。其生平事蹟可參看南宋理學家胡寅的〈子產傳〉，收於胡氏《斐然集》（長沙市：岳麓書社，2009年），卷24，頁454-472。

[22] 按：以魯國為例，夫子曾提及「三家者以《雍》撤」（八佾）、「季氏旅於泰山」（八佾），均屬僭越的明顯事例。

在洋行謀一差事，以改善生活。春秋後期，社會變化加劇，統治
者逐漸意識到招攬人才的重要，為基層平民子弟提供發展的機
會。孔子一生正經歷此鉅大的社會變遷。他年少時曾為「委吏、
乘田」等職，後強學不已，遂受到魯國執政的拔用，終在五十歲
後，被任命為「中都宰……由中都宰為司空，由司空為大司寇。」[23]
審視孔子的經歷，正反映春秋晚年統治者對「士」的渴求[24]。在
這個時代風氣的牽動下，孔門弟子的數目便日益加增。在《論語》
中，有三則記載反映孔子弟子求學的動機：

> 樊遲請學稼。子曰：吾不如老農。請學為圃。曰：吾不如
> 老圃。樊遲出。子曰：小人哉，樊須也！上好禮，則民莫
> 敢不敬；上好義，則民莫敢不服；上好信，則民莫敢不用
> 情。夫如是，則四方之民襁負其子而至矣，焉用稼。[25]

> 子張學干祿。子曰：多聞闕疑，慎言其餘，則寡尤；多見闕
> 殆，慎行其餘，則寡悔。言寡尤，行寡悔，祿在其中矣。[26]

> 子曰：君子謀道不謀食。耕也，餒在其中矣；學也，祿在
> 其中矣。君子憂道不憂貧。[27]

---

[23] 瀧川龜太郎：《史記會注考證》，頁731。
[24] 參看余英時：〈古代知識階層的興起與發展〉，《士與中國文化》（上海市：
上海人民出版社，2002年），第一章，頁1-74。
[25] 楊伯峻：《論語譯注》，頁133。
[26] 同前註，頁19。
[27] 同前註，頁166。

　　三者對象或有不同，但仍足以反映當時基層子弟對追求改善經濟生活的迫切要求。而弟子子貢「不受命而貨殖焉，億（臆）則屢中」[28]，使他能夠資助夫子的政治活動，也是較為著名的例子。《論語》中曾多次記錄孔子督促伯魚學習，時間當屬較早，其時伯魚應只是個十餘歲的年青人，而孔子則為三十多歲。因《論語》記夫子見伯魚趨庭而過，向其問「學詩乎？」、「學禮乎？」、「女為〈周南〉、〈召南〉矣乎？」等內容，均屬較為基礎的《詩》、《禮》方面的知識，這方面的材料已為人們所熟知。此外，《孔子家語》也記錄了以下一則文字，較能反映孔子對學習的態度：

> 孔子謂伯魚曰：「鯉乎，吾聞可以與人終日不倦者，其唯學焉。其容體不足觀也，其勇力不足憚也，其先祖不足稱也，其族姓不足道也，終而有大名，以顯聞四方，流聲後裔者，豈非學之效也？故君子不可以不學，其容不可以不飾，不飾無類。無類失親，失親不忠。不忠失禮，失禮不立。夫遠而有光者，飾也；近而愈明者，學也。譬之污池，水潦注焉，萑葦生焉，雖或以觀之，孰知其源乎？」[29]

四　從前六藝到六經

　　關於孔門的教學內容，大概可分為前後兩階段，前一階段當始自夫子開創私學，所授內容以子弟出仕為目的，所學以書、數等基本文化知識為開端，進有學習禮樂和射御。

---

[28] 同前註，頁114。

[29] 王國軒、王秀梅譯注：《孔子家語》（北京市：中華書局，2010年），頁70-71。

　　由此可見，夫子在前期以訓練弟子出仕為主，其內容自與「前六藝」基本一致，主要是致力於「士」的訓練。據余英時先生的分析，所謂春秋時代的「士」，是指貴族社會所需的「武士」。書、數是基本文化知識，是幼少時期的科目。及至年十二、三，便開始學習禮樂。到了十五、六的青年時期，身體逐漸成長，便開始射御的學習。這個過程即《禮記·少儀》所說：「問道藝曰：子習於某乎？子善於某乎？」[30]而《禮記·內則》更清楚地說明兒童自幼至成年時學習的內容，是一段極為珍貴的材料：

> 六年教之數與方名。七年男女不同席，不共食。八年出入門戶及即席飲食，必後長者，始教之讓。九年，教之數日。十年，出就外傅，居宿於外，學書計，衣不帛襦褲，禮帥初，朝夕學幼儀，請肄簡諒。十有三年學樂，誦《詩》，舞《勺》，成童舞《象》，學射御。二十而冠，始學禮，可以衣裘帛，舞《大夏》，惇行孝弟，博學不教，內而不出。[31]

由此而言，當時的教學安排採取循序漸進的方式，教學內容也因應兒童成長的歷程，與現代的教育理論有極接近的地方。而禮樂射御書數便是當時的基本教學內容。

　　到了孔子晚年返回魯國，孔子對「六經」分別再加以研習、編訂和整理。我們再回顧夫子一生的教學經過。早期的前六藝教育中，在弟子們學習禮儀的過程中，由於《詩》、《樂》同源的理

---

[30] 王夢鷗：《禮記今注今譯》，頁460。

[31] 同前註，頁386；王夢鷗今注曰：「數，由一至十。方名，東南西北……數日，鄭玄云：朔望與六甲也……書計，六藝中六書九數之學」，反映孩童學習書數的一般情況。

由，故二者亦當為弟子所修習的課題。其後，孔門以出仕為方向的教育，自然對收錄古代重要政治文獻的《書》加以講授。到了孔子約五十歲時，對《易》學產生了特殊的興趣，即所謂「加我數年，五十以學《易》，可以無大過矣。」[32]而在年六十八時，夫子自衛返魯，對《詩》、《樂》作最後的修訂。在七十歲以後，夫子自知道不行於時，遂有《春秋》的修訂，以寄託其政治的最終理想，可視為最後的轉折，亦即孔子以「六經」為教材的最後修訂。[33]司馬談在遺命中指出「幽、厲之後，王道制，禮樂廢，孔子脩舊起廢，論《詩》、《書》，作《春秋》，學者至今則之。」又說：「自周公卒，五百歲而有孔子，孔子卒後，至於今五百歲。有能紹明世，正《易傳》，繼《春秋》，本《詩》、《書》、《禮》、《樂》之際」，正好說明孔子與「經」的密切關係。[34]

又，「六經」一詞始見於《莊子・天運》，其文曰：

孔子謂老聃曰：「丘治《詩》、《書》、《禮》、《樂》、《易》、《春秋》六經，自以為久矣，孰知其故也，以奸[35]者七十二君，論先王之道，而明周、召迹，一君無所鈎用，甚矣！夫人之難說也，道之難明邪！」老子曰：「幸矣，子之不遇世之君也！夫六經，先王之陳迹也，豈其所以迹哉！今子之所言，猶迹也。夫迹[者]，履之所出，而迹豈履哉！」[36]

---

32 楊伯峻：《論語譯注》，頁70。
33 相關文獻可參看本書下編〈分論八〉：〈六經及相關文獻的編定〉。
34 瀧川龜太郎：《史記會注考證》，頁1336。
35 按：即游說。
36 〔晉〕郭象注、〔唐〕成玄英疏：《莊子注疏》（北京市：中華書局，2011

文中兩次提及「六經」，指出孔子以六經游說時君，終不獲用，故向老聃請教。老聃認為「六經」是先王應付其所處的時代問題的東西，而孔子欲將它們施之於當世，實為錯誤，故當世君主不予採用。由於《莊子》這部書包括了很多寓言，此段文字應屬子虛烏有，並不可信，但作為文獻材料，則說明在戰國晚期，「天運」篇的作者確實認為孔子與六經有密切的關係。雖然這段記載曾被視為孤證，受到學者的普遍質疑。大部分學者認為「六經」之說可能始自漢初。但是，最近出土的文獻：《郭店楚墓竹簡》有以下兩項記錄，反映在公元前三、四世紀已確實把它們放在一起，並就其性質加以評論：

1. 《詩》，所以會古今之志也。《書》，……者也。《禮》，交之行序也。《樂》，或生或教者也。《易》，所以會天道人道也。《春秋》，所以會古今之事也。

2. 故夫夫、婦婦、父父、子子、君君、臣臣，六者各行其職，而訕誇無由作也。觀諸《詩》、《書》，則亦在矣；觀諸《禮》、《樂》，則亦在矣。觀諸《易》、《春秋》，則亦在矣。親此多也，密此多也，美此多也。道無止。[37]

　　由於這類出土文獻絕對未經後人竄改，故十分可靠。它與〈天運〉篇相似，同樣反映戰國後期已將「六經」視為一個整體。根據司馬遷的說法，孔子「以《詩》、《書》、《禮》、《樂》教」，「晚

年），頁288。

[37] 劉釗：〈語叢一〉，《郭店楚簡校釋》（福州市：福建人民出版社，2003年），頁191。〈六德〉，頁115。按：所引均為劉氏的釋文。

年喜《易》，序彖、象、繫、說卦、文言。讀《易》，韋編三絕」[38]，並將一生政治理念託於《春秋》，據魯《史記》，「上至隱公，下訖哀公十四年……約其文辭而指博，故吳楚之君自稱王，而春秋貶之曰子。踐土之會，實召天子，而春秋諱之曰：天子出狩於河陽。推此類，以繩當世……筆則筆，削則削，子夏之徒不能贊一辭」。[39]孔子集合三代文化的大成，正值「王官失守，學術下移」的動盪時代，常懷「天喪斯文」之恐懼，努力不斷以承傳、宏揚傳統文化為己任。「六經」大概都是「先王之陳迹」，現再經由孔子修訂、整理和詮釋，並由孔門弟子發揚光大。《史記‧太史公自序》說：「周室既衰，諸侯恣行。仲尼悼禮廢樂崩，追修經術，以達王道。匡亂世，反之於正。見其文辭，為天下制儀法，垂六藝（即六經）之統紀於後世，作孔子世家。」又說：「孔子述文，弟子興業，成為宗師，崇仁厲義，作〈仲尼弟子列傳〉。」[40]由此可見，無論是《莊子‧天運》篇、《郭店楚墓竹簡》或《史記‧太史公自序》，均足以證明六經與孔子的密切關係。

關於儒家教育材料的整理，孔子曾花費極大的力氣。因為夫子以私學授徒，再沒有「學在官府」時期的便利，故必須重新編訂教材。由於時代久遠，我們已難以細知夫子的教學內容。然而，《論語》中仍保留不少關於夫子涉及前六藝的內容記錄，可供參考。[41]

到了戰國時代，儒家學者在長期從事教育工作的過程中，總

---

[38] 瀧川龜太郎：《史記會注考證》，頁743。

[39] 同前註，頁743-745。

[40] 同前註，頁1342、1343。

[41] 關於《論語》中涉及對前六藝的資料，可參看本書下編〈分論二〉：〈孔子與前六藝──《論語》摘錄〉。

結出其豐富的教育經驗，終於完成了《禮記‧學記》——世界上第一篇完整地討論教學原理與方法的文獻。《禮記‧學記》提及教育的安排和考核的重點，是極為難得的材料。它說「大學之教也時，教必有正業，退息必有居……故君子之於學也，藏焉，修焉，息焉，游焉。夫然，故安其學而親其師，樂其友而信其道。是以雖離師輔而不反也。」[42]《學記》又說：「古之教者，家有塾，黨有庠，術（遂）有序，國有學。比年入學，中年考校。一年視離經辨志，三年視敬業樂群，五年視博習親師，七年視論學取友，謂之小成；九年知類通達，強立而不反，謂之大成。」這段材料充分反映當時教育重視「循序漸進」、「才德兼重」的教學精神和重視考核評量。[43]《學記》又強調「記問之學，不足以為人師。」[44]所以它特別對當時教學失敗的情形，指出「今之教者，呻其占畢，多其訊，言及于數，進而不顧其安，使人不由其誠，教人不盡其材；其施之也悖，其求之也佛。夫然，故隱其學而疾其師，苦其難而不知其益也，雖終其業，其去之必速。教之不刑（成），其此之由乎！」[45]對此種教學方式加以嚴厲的批評。

五　孔門弟子出仕與士階層的興起

在孔門之中，大部分學生是平民百姓的子弟，如家徒四壁的顏淵，或初入孔門而請求學習耕稼的樊遲，都是極為明顯的事

---

[42] 王文錦：《禮記譯解》（北京市，中華書局，2007年），下冊，頁516。按：「時」是指教學依據年齡、時間、季節等加以安排。

[43] 同前註，頁514。

[44] 同前註，頁521。

[45] 同前註，頁517。

例。因此，他們必須在較快的時間掌握「士」所需要的學問，以便能夠出仕。因此，《論語》便出現以下兩則記載：

> 子路使子羔為費宰。子曰：賊夫人之子。子路曰：有民人焉，有社稷焉，何必讀書，然後為學？子曰：是故惡夫佞者。[46]

因此，一般而言，孔門弟子往往急於出仕，故夫子嘅嘆說：

> 三年學，不至於穀，不易得也。[47]

也正因為如此，顏淵那種甘於貧困而不以為意的自得心理，乃深為夫子所喜愛。他反覆讚嘆顏淵說：

> 賢哉，回也！一簞食，一瓢飲，在陋巷，人不堪其憂，回也不改其樂。賢哉，回也！[48]

而夫子其實也有類似的觀點。他曾自述說：

> 飯疏食飲水，曲肱而枕之，樂亦在其中矣。不義而富且貴，於我如浮雲。[49]

---

[46] 楊伯峻：《論語譯注》，頁117。末句楊氏譯為「所以我討厭強嘴利舌的人」。
[47] 同前註，頁81。
[48] 同前註，頁58。
[49] 同前註，頁69。

可反映孔、顏師徒二人的心態極其接近。而「不改其樂」和「樂亦在其中」兩段，即宋代大儒程顥所揭示的「孔顏之樂」。

與前代的貴族子弟不同，孔門弟子由於為生計所迫，有以眼光獨到的子貢成為精明的投資者。更多門弟子如子夏便有「學而優則仕」[50]的強烈傾向。[51]然而，這種想法很容易流於以追求個人利益為目的。為了防止門弟子出現偏差，孔子也特別提示弟子必須注意：「不患無位，患所以立；不患莫己知，求為可知也。」（里仁第四）夫子也多次對子夏的作出根本性提示。《論語》載：

> 子謂子夏曰：女為君子儒！無為小人儒！[52]

又載：

> 子夏為莒父宰，問政。子曰：「無欲速，無見小利。欲速則不達，見小利則大事不成。」[53]

正因為子夏有近於小人儒的傾向，其同門之間亦有相似的討論。其文說：

> 子游曰：子夏之門人小子，當灑掃、應對、進退，則可矣，抑末也。本之則無，如之何？子夏聞之，曰：噫！言游過矣！君子之道，孰先傳焉？孰後傳焉？譬諸草木，區以別

---

[50] 同前註，頁199。

[51] 按：上引「子張學干祿」條（楊伯峻：《論語譯注》，頁19）也屬此一情況。

[52] 同前註，頁58。

[53] 同前註，頁137。

矣。君子之道，焉可誣也？有始有卒者，其惟聖人乎！[54]

六　結語

　　自孔子開創私人講學之風後，儒家一直是戰國時代的顯學。無論是子思、孟子的五行學說[55]，抑荀子的〈性惡〉、〈儒效〉，大致都離孔子所講授的內容不遠。隨着時代的不斷改變，他們的學說都有發展和變化，側重點也各有不同。此種情況，其實已見於孔子在世之時。所以，戰國儒家分為八派，並沒有根本改變儒家的整體精神面貌。質言之，「六經」仍是孔門最重要的教材，並隨着時間的推演，一直流傳到全國多地。

---

[54] 同前註，頁199。

[55] 此五行又稱「五常」，不是指陰陽家鄒衍「金木水火土」的五行學說，而是指「仁義禮智信」五種德行。《荀子・非十二子》說：「略法先王而不知其統，然而猶材劇志大，聞見雜博。案往舊造說，謂之五行……子思唱之，孟軻和之。」

下編‧分論一
西周時代的官學教育

　　西周時代的官學主要是六藝教育。六藝指禮、樂、射、御、書、數。據學者的研究，以禮、樂為主體的六藝教育，大概始於原始的祭祀活動。王國維《觀堂集林‧釋禮》說：「盛玉奉神之器謂之🔯、若🔯，推之而奉神人之酒醴亦謂之醴，又推之而奉神人之事謂之禮。」[1]上古民智未開，人類對大自然種種現象皆難以明瞭其發生的原因，故對山川鬼神、日月星辰都心存敬畏，故祭祀的行為便成為日常生活的一部分。許慎《說文解字》說：「禮，履也，所以事神致福也。」隨著國家制度的發展，禮逐漸成為古代社會不可或缺的文明表徵。

　　謝謙先生據《禮記‧禮運》篇指出，禮「始于飲食」，即是始於原始宗教的獻祭儀式，獻黍、獻豚、獻玉、獻牲，直到獻祭活人。而獻祭時又有音樂歌舞以媚神。他又認為「在文明未開的遠古時代，人類的文化即在宗教，人類的一切活動皆與宗教有關，禮樂即祀神的儀式與音樂歌舞，是原始宗教文化的一個組成部分。」[2]從考古發掘證明，早在七、八千年以前，已有一些音樂器具廣泛使用。如河南舞陽賈湖出土的精美骨笛、浙江河姆渡出土的陶塤和骨哨，是至今發現最早的吹奏樂器。經碳十四年代測定，賈湖骨笛的發現，證明八千年前的中原地區已有水平十分高的音樂器具，它是「用截去兩端關節的猛禽骨製成，表面磨光。

---

[1] 王國維：《觀堂集林》（北京市：中華書局，1991年），第一冊，頁290-291。
[2] 謝謙：《中國古代宗教與禮樂文明》（成都市：四川人民出版社，1996年），頁8-9。

在管壁一側鑽有一縱列七個直徑三點六毫米的圓形指孔，在第一指孔左上方還鑽有一個直徑一點五八毫米的小指孔。」據專家進行的測音研究得知，賈湖骨笛「儘管鄰音間音程大小不一，發音不大規整，聽起來不夠協和，但確能發出六到七聲。……可以初步認為它是一支具有六聲徵調傾向的骨笛。」[3]其後這些早期樂器無論在種類、數量和音樂水平上，都有迅速的發展。到了商代，現在有實物可証的樂器種類包括：鼓、磬、鈴、庸（一般稱為鐃）、鏞（一般叫做大鐃）、鎛、塤、籥、龢等。這些都是一些銅、石、陶等堅固耐用材料的製品，竹、木等易朽材料的製品迄今尚未見到，特別是關於商代弦樂器，雖未有實物加以驗証，但從樂字像絲弦之型，加上弓在中國早已出現，故音樂史家相信商代極有可能已有弦樂一類的樂器。[4]

　　至於古書上保存的早期音樂資料，尚算十分豐富。其中，較重要是收錄在《呂氏春秋・仲夏紀》第五中的〈大樂〉、〈侈樂〉、〈適音〉、〈古樂〉和〈季夏紀〉第六的〈音律〉、〈音初〉等幾篇與古代音樂和舞蹈有關的文章。[5]〈大樂〉篇云：「音樂之所由來遠者矣。生于度量，本于太一」[6]，指出音樂的根源在「太一」。〈侈樂〉篇云：「世之人主，多以珠玉戈劍為寶，愈多而民愈怨，國人愈危，身愈危累，則失寶之情矣。亂世之樂與此同。為木革

---

[3] 李純一：《先秦音樂史》（北京市：人民音樂出版社，1994年），圖版四，頁26-27。

[4] 同前註，頁39-59，又羅振玉《增訂殷虛書契考釋》：「『樂』，從絲坿木上，琴瑟之象也。」轉引自漢語大字典編輯委員會：《漢語大字典》（武漢市：湖北辭書出版社、四川辭書出版社，1987年），冊二，頁1280-1281。

[5] 張雙棣等：《呂氏春秋譯注》，修訂本（北京市：北京大學出版社，2000年），頁114-162。

[6] 同前註，頁121。

之聲則若雷，為金石之聲則若霆，為絲竹歌舞之聲音則若噪。以此駭心氣、動耳目、搖蕩生則可矣，以此為樂則不樂。故樂愈侈，而民愈鬱，國愈亂，主愈卑，則亦失樂之情矣。」文章指出「侈樂」不但不能使人快樂，反而引起人民的怨恨，傷害君主的生命。[7]

〈適音〉篇云：「故治世之音安以樂，其政平也；亂世之音怨以怒，其政乖也；亡國之音悲以哀，其政險也。凡音樂，通乎政而移風平俗者也。俗定而音樂化之矣。故有道之世，觀其音而知其俗矣，觀其俗而知其政矣，觀其政而知其主矣。」[8]此段文字，與《詩大序》所言極為接近，可能是〈適音〉篇的作者採錄後者的結果。

此外，〈音律〉篇論述音律相生之理，與《國語‧周語》伶州鳩答周景王問同為中國古代最重要的音樂理論文獻之一。〈音初〉篇論述我國古代音樂東南西北諸音調的始創，保留了許多古代傳說，如南音之始是由於「禹行功，見塗山之女。……塗山氏之女乃令其妾候禹駕于塗山之陽。女乃作歌，歌曰：『候人兮猗』，實始作為南音。周公及召公取風焉，以為〈周南〉、〈召南〉。」[9]其餘以「孔甲作為〈破斧之歌〉，實始為東音」、「殷整甲（河亶甲）徙宅西河，猶思故處，實始作為西音」、「有娀氏有二佚（美）女，……作歌，一終曰：『燕燕往飛』，實始作為北音」等，[10]都包含豐富的古史傳說，本篇末段更發揮儒家的音樂理論，認為「音者，產于人心者也」，所以能夠「聞其聲而知其風，察其風而知

---

[7] 同前註，頁125-126。

[8] 同前註，頁130-131。

[9] 同前註，頁157。

[10] 同前註，頁157。

其志，觀其志而知其德」，強調「樂之為觀也深矣」[11]，論點與
夫子認為「《詩》可以觀」十分接近。

　　保存古代中國樂舞資料最豐富的是〈古樂〉篇。很多失傳的
古代樂舞傳說均靠本篇保存下來。例如，朱襄氏、葛天氏、陰康
氏等古代傳說的部落，在其他史料中已完全散佚，僅見於此。其
中特別受到重視的是這一節：

> 昔葛天氏之樂，三人操牛尾，投足以歌八闋：一曰載民，
> 二曰玄鳥，三曰遂草木，四曰奮五穀，五曰敬天常，六曰
> 達帝功，七曰依地德，八曰總萬物之極。[12]

這種手執牛尾、投足而歌、充滿原始風味的樂歌，保存了遠古時
代的自然色彩。

　　〈古樂〉篇也保存了上文提及的六代樂舞，包括：（1）黃帝
令伶倫與榮將鑄十二鐘，以和五音，以施英韶……命之曰咸池；
（2）顓頊令飛龍作樂，效八風之者，命之曰承雲；（3）帝堯名
質為樂，質乃效山林谿谷之者以歌……以象上帝玉磬之聲……瞽
叟乃拌五弦之琴，作以為十五弦之琴，命之曰大章；（4）禹立，
勤勞天下，日夜不懈……命皋陶作為夏籥九成，以昭其功；（5）
湯率六州以討桀罪，功名大成，黔首安寧、湯乃命伊尹作為大濩；
（6）武王以六師伐殷，以銳兵克之于牧野。歸，乃薦俘馘于京
太室，乃命周公作為大武。[13]同時，篇中也保留了一些古代的

---

[11]　同前註，頁130。

[12]　同前註，頁135。

[13]　同前註，頁135-136。

歌曲名稱，如帝嚳命咸黑歌九招、六英（其後又經舜和湯加以研習），湯命伊尹歌晨露等。篇中也記錄了一些樂器，如士達作五弦瑟、倕作鼙（小鼓）、鼓、鐘、磬、竽（笙）、管、塤、篪（管樂器、竹制，單管，橫吹）、鞀（長柄搖鼓）、瞽叟作十五弦之瑟、延作二十三弦之瑟等。[14]這些傳說儘管未能確信，但它們反映中國古代先民對音樂的重視。

根據多年來對殷墟的考古發掘，在貴族墓中出土的青銅禮器中，陪葬樂器主要是鐃。一般高級貴族陪葬的數目為三個，而著名的婦好墓則有五個，屬於特殊規格。[15]而甲骨文中出現的樂舞材料，包括有〈大濩〉（如：乙丑卜，貞王賓大乙，濩，亡尤？（《合集》35500）、〈雩〉舞（用樂舞祈雨）、「舞岳」（對山岳舉行求雨之舞）、「奏」（指奏樂兼起舞）、「萬舞」（如：萬其奏，不遘（雨）？（《合集》30131）〕、〈韶〉、〈大韶〉等。[16]其中，卜辭還記載了「占問『萬』在何日去大學教舞」的資料（《屯南》662），反映商代的舞蹈教育的一些片段。[17]

此外，俞啟定等在《中國教育制度通史》卷一又引述《屯南》六十載：

弜（勿）舞？王叀癸叀？于甲（？）叀于祖丁旦舞？于窗旦舞？
于大學舞？

---

[14] 同前註，頁135-136。

[15] 參看楊寶成：〈（殷墟）貴族墓出青銅禮、樂、兵器統計表〉，《殷墟文化研究》（武漢市：武漢大學出版社，2002年），頁187-188，。

[16] 參看齊文心等：《中華文化通史‧商西周文化志》（上海市：上海人民出版社，1998年），第2冊，頁175-177。

[17] 同前註，頁179-180。

其中，「」是一種祭祀的名稱。這條卜辭占問舉行「」祭選在甚麼場所較為適合，明確提到大學，並且作為祭祀場所之一，反映商代大學有祭祀的職能。[18]除了習舞外，商代學校教育內容主要有習禮和習武兩方面，甲骨卜辭也有記載高級武官教授射箭技術。部分卜辭表明商代已進行讀寫、算術的教學。教學官員一般由官吏兼任，而學校的地點都在宮殿或皇城遺址之內，反映殷商教育是「學在官府」、「以吏為師」的情形。卜辭中記錄了建學地點、上學日期等情況，說明了當時對學校教育的重視。[19]卜辭中甚至占問子弟們上學是否會遇上大雨。[20]

西周「學在官府」基本上繼承前代教育系統而來。據《禮記‧學記》說：「古之學者，家有塾、黨有庠、術（遂）有序、國有學。」[21]隨着周王朝的鞏固，西周教學系統也隨即發展起來。首先，為了增強軍事作戰的能力，大學主要對貴族子弟進行初步的武士訓練，讓他們能夠執干戈以衛社稷。訓練內容主要包括駕御馬車和射箭等，地點則設在城效稱為「辟雍」的地方。由於需要在寬闊的空間練習射藝，故這裏也稱為「射宮」。周朝貴族也常在此進行政治軍事活動，如舉行祭祀和宴會等。這裏也是舉行軍事會議、獻俘報功的地方。[22]據郭沫若《兩周金文辭大系圖錄考釋》載，周康王時的〈麥尊〉記：在辟雍，王乘于舟為大豐，王

---

[18] 俞啟定、施克燦：《中國教育制度通史‧第一卷》（濟南市：山東教育出版社，2000年），頁48。

[19] 同前註，頁49-52。

[20] 陳邦懷《殷代社會史料徵存》卷下〈多子往學〉條云「丙子卜，多子其往學，版（返）不遘大雨？」原書未見，轉引自張瑞璠主編：《中國教育史研究‧先秦分卷》，頁15。

[21] 孔穎達：《禮記正義》（臺北市：藝文印書館，1976年），頁649。

[22] 參看張瑞璠主編：《中國教育史研究‧先秦分卷》，頁20-21。

射大鴻禽。[23]郭氏解釋為康王在豐京（文王舊都）的辟雍進行射獵活動。[24]又穆王時的〈靜簋〉記：

> 惟六月初吉，王在菉京。丁卯，王令（命）。靜嗣射學宮，小子眾服，眾小臣，眾尸僕學射。……靜學（教）無斁，王賜靜鞞剢……

郭氏曰：「小子服、小臣、尸僕均為官職名。……司射學官候補乃教射于學官。……無斁，猶無厭也。」靜因教授射藝成績出眾，故受到王的賞賜。[25]同書又載靜在其他日子也曾在菉京獲得王的賞賜，包括「弓」和「貝五十朋」。[26]《禮記·射義》說：「古者天子之制，諸侯歲獻貢士于天子，天子試之於射宮，其容體比於禮，其節比於樂。而中多者，得與祭……中少者，不得與於祭。」擅長射藝者有賞，不擅者有罰，反映周朝對射藝的重視。[27]

除射藝外，駕御馬車也是大學的一項必習技藝。郭氏《大系》收錄的〈遹簋〉載：

> 唯六月既生霸，穆王在豐京，呼漁于大池。王饗酒。遹御，亡遣（譴）。穆王親賜遹……[28]

---

23 郭沫若：《兩周金文辭大系圖錄考釋》（上海市：上海書店出版社，1999年），下冊，頁40-41。

24 同前註，頁40-41。

25 同前註，頁56。

26 同前註，下冊，頁56。

27 孔穎達：《禮記正義》，頁1015。

28 郭沫若：《兩周金文辭大系圖錄考釋》，下冊，頁55。文中穆王即周昭王之

文中載逼因善於駕御而獲穆王親自賞賜。郭沫若認為「御」解作「侍奉」，但據文中所載，解釋為「駕御馬車」可能較為恰當，因以「侍奉」而獲賞賜，似難信據。

關於御的訓練也十分嚴格。據說當時對駕御技巧有以下五種訓練：鳴和鸞（馬車行時，鈴聲共鳴而有節奏）、逐水曲（沿著曲折的水邊安全前進）、過君表（馬車駕過轅門時要準確不偏，不發生碰擊）、舞交衢（在交叉道上往來驅馳，旋轉適度，合於節奏）、逐禽左（善於把禽獸驅趕在左邊，以便君主射獵）。這些技藝都必須經過嚴格的訓練才能合格的。[29]反映御藝在大學中受到特別的重視。這大概與西周以戰車為主的作戰體系有關。郭氏說：「『大池』亦見〈靜簋〉，當即辟雍之靈沼，〈麥尊〉『王乘于舟為大豐』之處。」[30]有學者指出，以上例子說明周代前期的尚武風氣仍方興未艾。[31]

除了射、御較偏重軍事方面，其餘禮、樂、書、數四項則偏重於文化方面。書、數屬基礎科目。書指識字，數指計算。《漢書‧食貨志》云：「八歲入小學，學六甲五方書計之事，始知室家長幼之節；十五入大學，學先聖禮樂而知朝廷君臣之禮。」[32]所謂「五方書計」，《漢書》臣瓚注：「辨五方之名及書藝也。」

《禮記‧內則》云：「六年，教之數與方名。七年，男女不同席飲食，必後長者，始教之讓。九年，教之數日。十年就出傅，

子穆王滿，西晉出土的《穆天子傳》便是他。又郭氏引王國維說：「周初諸王若文、武、成、康、昭、穆，皆號而非謚。」認為其說至確。

29 俞啟定、施克燦：《中國教育制度通史‧第一卷》，頁82-83。
30 郭沫若：《兩周金文辭大系圖錄考釋》，下冊，頁55。
31 張瑞璠主編：《中國教育史研究‧先秦分卷》，頁22。
32 班固：《漢書》（臺北市：宏業書局，1992年），頁1122。

居宿於外，學書計，……十有三年，學樂、誦詩、舞勺、成童舞象，學射御。二十而冠，始學禮，可以衣裘帛，舞大夏。」《漢書·食貨志》六甲五方即《禮記·內則》數與方名。王夢鷗認為「數，由一至十。方名，東南西北。數日，鄭玄云：『朔望與六甲。』」[33]六甲學習可溯源於商代。張瑞璠先生曾引用一片甲骨卜辭資料，「上面有五行字，重複地刻著從『甲子』至『癸酉』的十個干支表。其中只有一行刻得精美整齊，其餘四行字跡歪歪斜斜，不能成字，但中間也夾着二三個字刻得整齊。顯然，那一行整齊精美的字是老師刻的範本，另四行是學生學刻的，有幾個字則在教師手把手之下才刻得較好。」[34]十分能說明商代學習文字的罕見實例。同時，甲骨文除大部分屬於象形文字外，也包括形聲、會意、假借等造字方法。在現存大量西周時代的青銅器銘文已出現漢人所說的六書（象形、指示、形聲、會意、轉注、假借）的造字方法。此外，《漢書·食貨志》和《禮記·內則》的書計大概隨學子年齡的增長，所學內容也應包括一些基本的運算能力。至於鄭玄注解《周禮·地官·保氏》指九數包括「方田、粟米、差分、少廣、商功、均輸、方程、贏不足、旁要」，恐怕只是依據《九章算術》而言，並不一定是西周的情況。[35]

　　至於禮、樂之教，《禮記·學記》說：「學：不學操縵（小調子），不能安弦；不學博依（譬喻），不能安詩；不學雜服，不能安禮。」[36]強調學習需由淺入深和不斷實習的重要性。但是，安弦、安詩、安禮三者正是大學的國子必須掌握的學科。《周禮·春官》有更

---

[33] 王夢鷗：《禮記今註今譯》，頁385-386；五方指東、南、西、北、中。

[34] 張瑞璠主編：《中國教育史研究·先秦分卷》，頁16。

[35] 參看俞啟定、施克燦：《中國教育制度通史·第一卷》，頁85。

[36] 《禮記正義》，頁651。

系統的陳述。其文云：大司樂，掌成均（大學）之法，以治建國
之學政，而合國之子弟焉。凡有道者、有德者，使教焉，死則以
為樂祖。祭於瞽宗。以樂德教國子，中、和、祇、庸、孝、友；
以樂語教國子，興、道、諷、誦、言、語；以樂舞教國子，舞雲
門大卷、大咸、大韶、大夏、大濩、大武。[37]

　　這是大學教學的主要內容，由大司樂負責。大司樂掌管國家
音樂方面的事務和音樂人才的培養。至於小學方面，周天子所設
的小學於宮中。《大盂鼎》記載康王要盂到小學學習。《周禮·春官》
又云：

> 樂師，掌國學（指國城中王宮左旁之小學）之政。以教國
> 子（謂入小學之國子，年十三至十九者）小舞。有帗舞、
> 有羽舞、有皇舞、有旄舞、有干舞、有人舞。教樂儀，行
> 以肆夏、趨以采薺。（教導他們王者出入大寢朝廷所奏的
> 音樂和禮儀，在大寢中行走時奏肆夏樂，在朝廷中行走時
> 奏采薺樂。）車亦如之，環拜以鐘鼓為節（乘車也是一樣，
> 周旋直拜，都以鐘鼓為節）。……凡國之小事用樂者，令
> 奏鐘鼓。凡樂成，則告備。詔來瞽皋舞（詔告視瞭扶瞽者
> 進入，呼喚國子當舞的起舞），及徹，帥學士而歌徹（到
> 了徹祭器時，率領國子起舞歌雍詩）。[38]

　　從上文看來，國子在小學需要掌握的技藝包括舞蹈、音樂和
禮儀。值得注意的，是國子在徹祭器時必須起舞歌〈雍〉詩。《論語·

---

[37] 林尹：《周禮今注今譯》（北京市：書目文獻出版社，1985年），頁231。
[38] 同前註，頁237-238；括號中均採用林氏的譯文。

八佾》說：「三家者以〈雍〉徹。子曰：『相維辟公，天子穆穆』，奚取於三家之堂？」[39]孔子在春秋晚年看見三桓僭用天子禮儀，便引用〈周頌・雍〉的詩句在指出他們不合理處。此正好反證西周時代天子在撤祭器時會由「樂師」率領國子起舞歌〈雍〉詩。

我們也可從出土文獻對西周樂官的職能進行考察。據施克燦先生的研究：

> 1974 年 12 月在陝西扶風強家村發現一處青銅器窖藏，其中有一件「師□鼎」。據考證此鼎主人與晚清以來著錄的「師望鼎」器主是同一家人，□與望是父子關係，「師」是他們相同的官職。這兩件鼎的銘文中都提到「大師」，師□稱「伯大師」的「小子」，師望也自稱為「大師小子師望」。楊樹達先生認為「師望鼎」中的師是「大師」的屬官，李學勤認為「伯大師」相當於《周禮》中的大司樂（《禮記》中稱為大樂正），在學政方面是師的上級。從這兩件鼎的銘文可推知：□擔任師氏時期父為大師；等到□的兒子望擔任師氏時，□又升任大師。這與史籍記載符合，大師和師氏，既是官員，又是教師。其二，國學教師有世襲制度，一方面傳授禮儀的知識和技能，只能靠有關官吏，另一方面由於宗法世襲制度影響，教師一職，也只能在有關官吏

---

[39] 楊伯峻：《論語譯注》，頁23-24。楊伯峻的語譯為：仲孫、叔孫、季孫三家，當他們祭祀祖先時侯，〔也用天子之禮，〕唱著《雍》這篇詩來撤除祭品。孔子說：《雍》詩上有這樣的話，助祭的是諸侯，天子嚴肅靜穆地在那兒主祭。」這兩句話，用三家祭祖的大廳上在意義上取它哪一點呢？

的家族中世襲。[40]

補充一下，《周禮》這部書的時代曾引起很大的爭議。有謂為周公作，有謂為六國時陰謀書，有謂漢初的作品，有謂劉歆偽造，現據何茲全先生說：「《周禮》一書大約是戰國時人編撰的，劉歆大約曾經整理過，但絕不是他偽造的。《周禮》即使在戰國才編撰成書的，其中包括了一些戰國以前的古史材料。」[41]張亞初、劉雨《西周金文官制研究》說：「《周禮》是記載我國古代官制的唯一的一部古代文獻。這是先秦史研究者不可或離的基本要籍。……由於該書成書的年代較晚，而且它又是戰國以後古代政治家理想化的政治藍圖。……它只是在一定程度上保留和相當曲折地反映西周職官的情況。」兩人遂致力收集西周時代的青銅器的銘文，合共尋獲「有關職官銘文的銅器近五百件，整理出了不同職官材料近九百條，歸納西周職官二一三種。」在全面排比分析這些資料後，他們認為「《周禮》在主要內容上，與西周銘文所反映的西周官制，頗多一致或相近的地方。」[42]在詳細對比西周金文官制和《周禮》官制後，他們指出「《周禮》天官六十四官，與西周金文相同或相近者十九官；地官八十官有二十六官；春官七十一官有十三官；夏官七十四官有二十七官；秋官六十七官有十一官。總計《周禮》三百五十六官，有九十六官與西周金文相同或相近，……有如此眾多的相似之處，無論如何不能說成是偶然的巧合，只能證實《周禮》一書在成書時一定是參照了西

---

[40] 俞啟定、施克燦：《中國教育制度通史‧第一卷》，頁75。

[41] 何茲全：《中國古代社會》（鄭州市：河南人民出版社，1991年），頁28。

[42] 張亞初、劉雨：《西周金文官制研究‧前言》（北京市：中華書局，1981年），頁1-3。

周職官實況。……如果從縱的方面觀察，將《周禮》六官總表與西周金文三期職官表對比，就會更加深入了解到二者的一致性」[43]最後，他們肯定《周禮》的作者是一位十分熟悉西周典章制度的宿儒，並認為過去的研究多從否定方面出發，而今後有必要從肯定方面「援引第一手金文材料」入手，才可獲致較接近歷史事實的認知。[44]

指出《周禮》一書的可信和可疑之處，是因為它的材料對了解西周音樂教育十分重要。我們據上引兩段《周禮‧春官》的文字，得知西周「小學」和「大學」兩個階段的教學情形。雖然文獻散佚的情況頗為嚴重，我們亦能從金文資料和《論語》中理解有關西周樂教的片段。從上面一系列材料而論，它們都與《周禮》所述相當配合，而看不出有衝突矛盾的地方。特別是《論語》關於「三家以〈雍〉徹」的記錄，因夫子對古代禮制研究的權威地位，可以確信此當為周天子曾經實施的禮儀。此外，夫子表示能言夏、殷之禮，表示「周監於二代，郁郁乎文哉！吾從周。」（《論語‧八佾》）又說：「殷因於夏禮，所損益，可知也，周因於殷禮，所損益，可知也。其或繼周者，雖百世，可知也。」（《論語‧為政》）夫子曾經教導弟子「知之為知之，不知為不知」，故其自言「吾從周」、「百世可知」，足以說明在春秋晚年的學者仍能充分掌握周代禮制。

《左傳‧文公十八年》一段記錄，與周公是否制訂周禮有關。其文曰：「（莒太子）因國人以殺紀公，以其寶玉來奔，納諸（魯）宣公。宣公命與之邑，曰：『今日必授。』季文子使司寇出諸境，曰：『今日必達。』（明日，）公問其故，季文子使太史克對曰：

---

[43] 同前註，頁140。詳細對比的內容見於同書頁101-144，可參看。
[44] 同前註，頁144。

『先大夫臧文仲教行父（季文子）事君之禮。行父奉以周旋，弗
敢失墮。曰：『見有禮於其君者，事之如孝子之養父母也。見無
禮於其君者，誅之如鷹鸇之逐鳥雀也。」[45]在講述這個家訓後，
季孫行父引述魯國保存周公的典籍說：

> 先君周公制《周禮》，曰：「則以觀德，德以處事，事以度
> 功，功以食民。」作〈誓命〉曰：「毀則為賊，掩賊為藏
> （贓），竊賄為盜，盜器為姦。主藏之名，賴姦之用，為
> 大凶德，有常（常刑），無赦。在九刑不忘。」[46]

季孫行父並引述大量古史傳說作為例證，認為莒太子是「凶人」，
故仿效舜之「去四凶。」[47]引文中載「先君周公制《周禮》」一
節，明確指出周公曾制《周禮》和〈誓命〉，與周公制禮作樂的傳
統說法吻合。文中並實際引用周公所作《周禮》十六字和〈誓命〉
二十八字，均屬已經散佚涉及周公的珍貴文獻。而季孫行父的說
法，正好與韓宣子、吳公子札所說相近，反映魯國保存大量西周
早期文獻和樂舞的情況。當然，楊伯峻先生在《春秋左傳注》中
已清楚表明：「《周禮》，據文，當是姬旦所著書名或篇名，今已
亡其書矣。若以《周官》當之，雖其間不無兩周之遺辭舊義，
然其書除《考工記》外，或成于戰國。」[48]實際上，除了以上兩

---

[45] 楊伯峻：《春秋左傳注》（北京市：中華書局，1990年），頁633。楊氏注
　　曰：「在九刑不忘」者，於大凶德之人，依其情節之輕重，以九刑之一適當
　　處之，亦不為過度也。

[46] 同前註，頁633-634。

[47] 同前註，頁638-642。

[48] 同前註，頁633。

種《周禮》外，偽《古文尚書》也有《周官》一篇，據黃懷信《尚
書・周官》注訓的解題說：「《周官》，指周代的官制。此篇記成
王對周百官的一篇訓誡之辭，言及官制，故名曰《周官》，古有
文，今文無。」[49]因此，依據上列各種資料，可以理解為：周公
在西周初年確曾制禮，其材料被季孫行父所引用。至於其詳細內
容究竟為何，現在雖沒有充分的資料，但就其執行而論，周代施
行的吉、凶、軍、賓、嘉五禮，當已在周公時奠定基礎。舉例來
說，最重要的禮儀如祭天、祭祖、朝儀、巡狩、朝貢、分封、冊
命、宗法等一代法度，必然已有詳細的規定。殷人既「有典有冊」，
周人亦自不例外。所謂周禮，其實是一套統治制度、一套由天子
與各諸侯和統治貴族所施行的規章和制度，也包括各種相關的禮
俗。[50]我們也必須瞭解，任何制度都會隨著時間而進行「因革損
益」，內容亦會愈來愈詳盡、複雜。自周公至季孫行父約四百年間，
周政權經歷了數番的起跌，並在幽王十一年（公元前七七一年）被
犬戎攻破。因此，原來實行的制度因遭遇重大的變故而需要調
整。據張亞初、劉雨的研究，周王室參照諸侯的制度，逐漸形成
一個以冢宰為主導的東周政權。[51]這說明我們參考《周禮》以認
識西周禮樂制度，必須保持一個較靈活的眼光，並把其視為一種
發展變化的東西。

　　此外，周代制禮還包括「容禮」。《禮記・樂記》云：「釋箕

---

[49] 黃懷信：《尚書注訓》（濟南市：齊魯書社，2002年），頁349。

[50] 參看俞啟定、施克燦：《中國教育制度通史・第一卷》，頁76-77。作者在
　　頁77又解析說：「這套禮制包含了從政治制度、經濟、軍事至社會生活各方
　　面的法律和道德規則」。

[51] 張亞初、劉雨：〈西周金文官制與《周禮》官制的對比〉，《西周金文官制
　　研究》，頁141-144。

子之囚，使之行『商容』，而復其位。」「商容」即商代的禮儀。
一九七六年在陝西扶風縣法門公社發現的〈史牆盤〉銘文達兩百
八十四字，敘述了微史家族的「微」在武王伐紂後，來謁見武王，
因「五十頌」而受封於周，世世掌管威儀。據裘錫圭先生解釋，
所謂「五十頌」就是五十容，即禮儀中的五十種容。這個家族是
精通禮儀的。[52] 據魯士春的研究，「漢初高堂生傳《士禮》十七
篇，而徐生善為頌。孝文時，徐生以頌為禮官大夫。」（《漢書‧
儒林傳》），文中「容」字寫作「頌」字，是因為《漢書》用古字
是其特色。魯氏指出「自先秦以至於漢，統治者對禮的特別重
視」。故此，先秦容禮大概就是現存在十三經中的《儀禮》，魯氏
並引清凌揚藻《蠡勺編‧漢初無儀禮之名》為證，指出「未央殿
前有曲臺，即容臺。命后蒼說禮其中，當時稱《士禮》為《容臺
禮》又名《容禮》。賈誼引《容經》文，即《容禮》。後漢劉昆為
梁孝王後，少習《容體》。是《士禮》即《容儀》；《容禮》即《儀
禮》也。[53]後世總合容禮共有六種，又稱六儀，即祭祀之容、賓
客之容、朝廷之容、喪紀之容、軍旅之容、車馬之容。[54]

綜合而言，西周「學在官府」的教育系譜而論，中央方面分
為「小學」與「大學」，地方則有各級學校。諸侯的國都也有學，
〈魯頌〉稱為「泮官」。當時因屬貴族教育性質，故主要是訓練
國子日後掌政為官之道，德育與技藝教育並重，而六藝教育貫徹
了德育於各個學習領域之中。就學習的程序而言，國子先在「小學」
學習小藝小節，到了一定的年齡，使進入「大學」學習較高深的學

---

[52] 裘錫圭：〈史牆盤銘解釋〉，《西周微氏家族青銅器群研究》（香港：明石
文化國際出版公司，2004年），頁272-274。
[53] 參看魯士春：《先秦容禮研究》（臺北市：天工書局，1998年），頁23-30。
[54] 俞啟定、施克燦：《中國教育制度通史‧第一卷》，頁77。

問，包括各種禮儀、音樂、舞蹈、詩歌、駕御、射獵等範圍。整體而言，西周的國子教育可能較偏重於射、御等軍事方面的訓練，並配合禮、樂等文化方面的培養。這也正是古代的「士」的主要能力。至於戰國以後的「文士」，在西周時期大概是十分罕見的。[55]

---

[55] 參看余英時：《士與中國文化》（上海市：上海人民出版社，2003年），頁4-7。

下編・分論二
孔子與前六藝──《論語》摘錄

一　總說

子曰：「志於道，據於德，依於仁，游於藝。」（述而第七）

太宰問於子貢曰：「夫子聖者與？何其多能也？」子貢曰：「固天縱之將聖，又多能也。」子聞之，曰：「太宰知我乎！吾少也賤，故多能鄙事。君子多乎哉？不多也。」牢曰：「子云：『吾不試，故藝』。」（子罕第九）

子路曰：「衛君待子而為政，子將奚先？」子曰：「必也正名乎！」子路曰：「有是哉，子之迂也！奚其正？」子曰：「野哉，由也！君子於其所不知，蓋闕如也。名不正，則言不順；言不順，則事不成；事不成，則禮樂不興；禮樂不興，則刑罰不中；刑罰不中，則民無所措手足。故君子名之必可言也，言之必可行也。君子於其言，無所苟而已矣！」（子路第十三）

子路問成人。子曰：「若臧武仲之知，公綽之不欲，卞莊子之勇，冉求之藝，文之以禮樂，亦可以為成人矣。」曰：「今之成人者何必然？見利思義，見危授命，久要不忘平生之言，亦可以為成人矣。」（憲問第十四）

附：《禮記‧經解》

孔子曰：「入其國，其教可知也。其為人也：溫柔敦厚，《詩》教也；疏通知遠，《書》教也；廣博易良，《樂》教也；潔靜精微，《易》教也；恭儉莊敬，《禮》教也；屬辭比事，《春秋》教也。故《詩》之失，愚；《書》之失，誣；《樂》之失，奢；《易》之失，賊；《禮》之失，煩；《春秋》之失，亂。其為人也：溫柔敦厚而不愚，則深於《詩》者也；疏通知遠而不誣，則深於《書》者也；廣博易良而不奢，則深於《樂》者也；潔靜精微而不賊，則深於《易》者也；恭儉莊敬而不煩，則深於《禮》者也；屬辭比事而不亂，則深於《春秋》者也。」

1 禮

子曰：「弟子入則孝，出則弟，謹而信，汎愛眾而親仁；行有餘力，則以學文。」（學而第一）

孟懿子問孝。子曰：「無違。」樊遲御，子告之曰：「孟孫問孝於我，我對曰：『無違』。」樊遲曰：「何謂也？」子曰：「生，事之以禮；死，葬之以禮，祭之以禮。」（為政第二）

子張問：「十世可知也？」子曰：「殷因於夏禮，所損益可知也；周因於殷禮，所損益，可知也；其或繼周者，雖百

世可知也。」（為政第二）

孔子謂季氏：「八佾舞於庭，是可忍也，孰不可忍也？」（八佾第三）

三家者以〈雍〉徹。子曰：「『相維辟公，天子穆穆』，奚取於三家之堂？」（八佾第三）

子曰：「人而不仁，如禮何？人而不仁，如樂何？」（八佾第三）

林放問禮之本。子曰：「大哉問！禮，與其奢也，寧儉；喪，與其易也，寧戚。」（八佾第三）

子曰：「夏禮，吾能言之，杞不足徵也；殷禮，吾能言之，宋不足徵也。文獻不足故也，足則吾能徵之矣。」（八佾第三）

子曰：「禘，自既灌而往者，吾不欲觀之矣。」（八佾第三）

子入太廟，每事問。或曰：「孰謂鄹人之子知禮乎？入太廟，每事問。」子聞之曰：「是禮也。」（八佾第三）

定公問：「君使臣，臣事君，如之何？」孔子對曰：「君使臣以禮，臣事君以忠。」（八佾第三）

子曰：「管仲之器小哉！」或曰：「管仲儉乎？」曰：「管氏有三歸，官事不攝，焉得儉？」「然則管仲知禮乎？」曰：「邦君樹塞門，管氏亦樹塞門；邦君為兩君之好，有反坫，管氏亦有反坫。管氏而知禮，孰不知禮？」（八佾第三）

子曰：「能以禮讓為國乎？何有！不能以禮讓為國，如禮何！」（里仁第四）

子所雅言：《詩》、《書》、執禮，皆雅言也。（述而第七）

子曰：「恭而無禮則勞，慎而無禮則葸，勇而無禮則亂，直而無禮則絞。君子篤于親，則民興于仁；故舊不遺，則民不偷。」（泰伯第八）

子曰：「興于《詩》，立于禮，成于樂。」（泰伯第八）

子曰：「麻冕，禮也；今也純，儉。吾從眾。拜下，禮也；今拜乎上，泰也。雖違眾，吾從下。」（子罕第九）

子見齊衰者、冕衣裳者與瞽者，見之，雖少必作；過之，必趨。（子罕第九）

孔子於鄉黨，恂恂如也，似不能言者。其在宗廟、朝廷，便便言，唯謹爾。朝，與下大夫言，侃侃如也；與上大夫

言，闇闇如也。君在，踧踖如也，與與如也。君召使擯，色勃如也，足躩如也。揖所與立，左右手。衣前後，襜如也。趨進，翼如也。賓退，必復命曰：「賓不顧矣。」入公門，鞠躬如也，如不容。立不中門，行不履閾。過位，色勃如也，足躩如也，其言似不足者。攝齊升堂，鞠躬如也，屏氣似不息者。出，降一等，逞顏色，怡怡如也。沒階趨進，翼如也。復其位，踧踖如也。執圭，鞠躬如也，如不勝。上如揖，下如授。勃如戰色，足蹜蹜，如有循。享禮，有容色。私覿，愉愉如也。（鄉黨第十）

子曰：「先進於禮樂，野人也；後進於禮樂，君子也。如用之，則吾從先進。」（先進第十一）

顏淵死，顏路請子之車以為之椁。子曰：「才不才，亦各言其子也。鯉也死，有棺而無椁。吾不徒行以為之椁。以吾從大夫之後，不可徒行也。」（先進第十一）

顏淵問仁。子曰：「克己復禮為仁。一日克己復禮，天下歸仁焉。為仁由己，而由人乎哉？」顏淵曰：「請問其目。」子曰：「非禮勿視，非禮勿聽，非禮勿言，非禮勿動。」顏淵曰：「回雖不敏，請事斯語矣！」（顏淵第十二）

齊景公問政於孔子，孔子對曰：「君君、臣臣、父父、子子。」公曰：「善哉！信如君不君，臣不臣、父不父、子不子，雖有粟，吾得而食諸？」（顏淵第十二）

子曰：「博學於文，約之以禮，亦可以弗畔矣夫！」（顏淵第十二）

子曰：「上好禮，則民易使也。」（憲問第十四）

孔子曰：「天下有道，則禮樂征伐自天子出；天下無道，則禮樂征伐自諸侯出。自諸侯出，蓋十世希不失矣；自大夫出，五世希不失矣；陪臣執國命，三世希不失矣。天下有道，則政不在大夫。天下有道，則庶人不議。」（季氏第十六）

陳亢問於伯魚曰：「子亦有異聞乎？」對曰：「未也。嘗獨立，鯉趨而過庭。曰：『學《詩》乎？』對曰：『未也。』『不學《詩》，無以言。』鯉退而學《詩》。他日，又獨立，鯉趨而過庭。曰：『學禮乎？』對曰：『未也。』『不學禮，無以立！』鯉退而學禮。聞斯二者。」陳亢退而喜曰：「問一得三：聞《詩》，聞禮，又聞君子之遠其子也。」（季氏第十六）

子曰：「禮云禮云！玉帛云乎哉？樂云樂云！鐘鼓云乎哉？」（陽貨第十七）

宰我問：「三年之喪，期已久矣。君子三年不為禮，禮必壞；三年不為樂，樂必崩。舊穀既沒，新穀既升，鑽燧改火，期可已矣。」子曰：「食夫稻，衣夫錦，於女安乎？」

曰：「安。」「女安則為之！夫君子之居喪，食旨不甘，聞樂不樂，居處不安，故不為也。今女安，則為之！」宰我出。子曰：「予之不仁也！子生三年，然後免於父母之懷。夫三年之喪，天下之通喪也。予也有三年之愛於其父母乎？」（陽貨第十七）

2　樂

三家者以〈雍〉徹。子曰：「『相維辟公，天子穆穆』，奚取於三家之堂？」（八佾第三）

子語魯大師樂。曰：「樂其可知也：始作，翕如也；從之，純如也，皦如也，繹如也，以成。」（八佾第三）

子謂〈韶〉：「盡美矣，又盡善也。」謂《武》：「盡美矣，未盡善也。」（八佾第三）

子於是日哭，則不歌。（述而第七）

子在齊聞〈韶〉，三月不知肉味。曰：「不圖為樂之至於斯也！」（述而第七）

子與人歌而善，必使反之，而後和之。（述而第七）

子曰：「興于《詩》，立于禮，成于樂。」（泰伯第八）

子曰：「師摯之始，〈關雎〉之亂，洋洋乎盈耳哉！」（泰伯第八）

子曰：「吾自衛反魯，然後樂正，雅、頌各得其所。」（子罕第九）

子曰：「先進於禮樂，野人也；後進於禮樂，君子也。如用之，則吾從先進。」（先進第十一）

子曰：「由之瑟奚為於丘之門？」門人不敬子路。子曰：「由也升堂矣，未入於室也。」（先進第十一）

子擊磬於衛。有荷蕢而過孔氏之門者，曰：「有心哉！擊磬乎！」既而曰：「鄙哉！硜硜乎！莫己知也，斯己而已矣。深則厲，淺則揭。」子曰：「果哉！末之難矣。」（憲問第十四）

顏淵問為邦。子曰：「行夏之時，乘殷之輅，服周之冕，樂則〈韶〉舞。放鄭聲，遠佞人。鄭聲淫，佞人殆。」（衛靈公第十五）

孔子曰：「天下有道，則禮樂征伐自天子出；天下無道，則禮樂征伐自諸侯出。自諸侯出，蓋十世希不失矣；自大夫出，五世希不失矣；陪臣執國命，三世希不失矣。天下有道，則政不在大夫。天下有道，則庶人不議。」（季氏第十六）

子之武城，聞弦歌之聲。夫子莞爾而笑曰：「割雞焉用牛刀？」子游對曰：「昔者偃也聞諸夫子曰：『君子學道則愛人；小人學道則易使也。』」子曰：「二三子！偃之言是也。前言戲之耳！」（季氏第十六）

子曰：「禮云禮云！玉帛云乎哉？樂云樂云！鐘鼓云乎哉？」（陽貨第十七）

子曰：「惡紫之奪朱也，惡鄭聲之亂雅樂也，惡利口之覆邦家者。」（陽貨第十七）

孺悲欲見孔子，孔子辭以疾。將命者出戶，取瑟而歌，使之聞之。（陽貨第十七）

大師摯適齊，亞飯干適楚，三飯繚適蔡，四飯缺適秦。鼓方叔入於河，播鼗武入於漢，少師陽、擊磬襄入於海。（微子第十八）

3 射

子曰：「君子無所爭，必也射乎！揖讓而升，下而飲，其爭也君子。」（八佾第三）

子曰：「射不主皮，為力不同科，古之道也。」（八佾第三）

子釣而不綱，弋不射宿。（述而第七）

達巷黨人曰：「大哉孔子！博學而無所成名。」子聞之，謂門弟子曰：「吾何執？執御乎？執射乎？吾執御矣。」（子罕第九）

南宮适問於孔子曰：「羿善射，奡盪舟，俱不得其死然；禹稷躬稼，而有天下。」夫子不答，南宮适出。子曰：「君子哉若人！尚德哉若人！」（憲問第十四）

子曰：「君子矜而不爭，群而不黨。」（衛靈公第十五）

附：《禮記·射義》

古者諸侯之射也，必先行燕禮；卿、大夫、士之射也，必先行鄉飲酒之禮。故燕禮者，所以明君臣之義也；鄉飲酒之禮者，所以明長幼之序也。故射者，進退周還必中禮，內志正，外體直，然後持弓矢審固；持弓矢審固，然後可以言中，此可以觀德行矣。其節：天子以〈騶虞〉為節；諸侯以〈貍首〉為節；卿大夫以〈采蘋〉為節；士以〈采繁〉為節。〈騶虞〉者，樂官備也，〈貍首〉者，樂會時也；〈采蘋〉者，樂循法也；〈采繁〉者，樂不失職也。是故天子以備官為節；諸侯以時會天子為節；卿大夫以循法為節；士以不失職為節。故明乎其節之志，以不失其事，則功成而德行立，德行立則無暴亂之禍矣。功成則國安。故曰：射者，所以觀盛德也。

是故古者天子以射選諸侯、卿、大夫、士。射者，男子之事也，因而飾之以禮樂也。故事之盡禮樂，而可數為，以立德行者，莫若射，故聖王務焉。是故古者天子之制，諸侯歲獻貢士於天子，天子試之於射宮。其容體比於禮，其節比於樂，而中多者，得與於祭。其容體不比於禮，其節不比於樂，而中少者，不得與於祭。數與於祭而君有慶；數不與於祭而君有讓。數有慶而益地；數有讓而削地。故曰：射者，射為諸侯也。是以諸侯君臣盡志於射，以習禮樂。夫君臣習禮樂而以流亡者，未之有也。故《詩》曰：「曾孫侯氏，四正具舉；大夫君子，凡以庶士，小大莫處，御於君所，以燕以射，則燕則譽。」言君臣相與盡志於射，以習禮樂，則安則譽也。是以天子制之，而諸侯務焉。此天子之所以養諸侯，而兵不用，諸侯自為正之具也。

孔子射於矍相之圃，蓋觀者如堵墻。射至於司馬，使子路執弓矢，出延射曰：「賁軍之將，亡國之大夫，與為人後者不入，其餘皆入。」蓋去者半，入者半。又使公罔之裘、序點，揚觶而語，公罔之裘揚觶而語曰：「幼壯孝弟，耆耋好禮，不從流俗，修身以俟死者，不，在此位也。」蓋去者半，處者半。序點又揚觶而語曰：「好學不倦，好禮不變，旄期稱道不亂者，不，在此位也。」蓋僅有存者。射之為言者繹也，或曰舍也。繹者，各繹己之志也。故心平體正，持弓矢審固；持弓矢審固，則射中矣。故曰：為人父者，以為父鵠；為人子者，以為子鵠；為人君者，以為君鵠；為人臣者，以為臣鵠。故射者各射己之鵠。

故天子之大射謂之射侯；射侯者，射為諸侯也。射中則得
為諸侯；射不中則不得為諸侯。天子將祭，必先習射於澤。
澤者，所以擇士也。已射於澤，而後射於射宮。射中者得
與於祭；不中者不得與於祭。不得與於祭者有讓，削以地；
得與於祭者有慶，益以地。進爵絀地是也。故男子生，桑
弧蓬矢六，以射天地四方。天地四方者，男子之所有事也。
故必先有志於其所有事，然後敢用穀也。飯食之謂也。射
者，仁之道也。射求正諸己，己正然後發，發而不中，則
不怨勝己者，反求諸己而已矣。孔子曰：「君子無所爭，
必也射乎！揖讓而升，下而飲，其爭也君子。」孔子曰：
「射者何以射？何以聽？循聲而發，發而不失正鵠者，其
唯賢者乎！若夫不肖之人，則彼將安能以中？」《詩》云：
「發彼有的，以祈爾爵。」祈，求也；求中以辭爵也。酒
者，所以養老也，所以養病也；求中以辭爵者，辭養也。
（按：部分內容又見於《孔子家語·觀鄉射》第二十八）

4　御

子曰：「人而無信，不知其可也。大車無輗，小車無軏，
其何以行之哉？」（為政第二）

子曰：「孟之反不伐，奔而殿。將入門，策其馬，曰：『非
敢後也，馬不進也。』」（雍也第六）

子曰：「富而可求也，雖執鞭之士，吾亦為之。如不可求，

從吾所好。」（述而第七）

達巷黨人曰：「大哉孔子！博學而無所成名。」子聞之，謂門弟子曰：「吾何執？執御乎？執射乎？吾執御矣。」（子罕第九）

升車，必正立，執綏。車中，不內顧，不疾言，不親指。（鄉黨第十）

子曰：「驥不稱其力，稱其德也。」（憲問第十四）

5 書

子曰：「小子！何莫學夫《詩》？《詩》可以興，可以觀，可以群，可以怨。邇之事父，遠之事君。多識於鳥獸草木之名。」[1]（陽貨第十七）

6 數

《論語》沒有這方面的記錄。[2]

---

[1] 按：引文中的「多識於鳥獸草木之名」其實已屬修辭領域的學問，稍異於識字、認字的基本訓練，只是據《論語》反映，孔門弟子多屬青年或較年長的學生，對童蒙的教育題材涉及不多，故聊備一說。

[2] 按：基本的算術教育當時也屬童蒙教育，故《論語》亦缺乏相關材料。

下編 · 分論三
春秋時代的詩樂教育

　　朱自清在《詩言志辨 · 獻詩陳志》引述《周禮 · 大司樂》「以樂語教國子：興、道、諷、誦、言、語。」後，認為它們的分別已難以詳知，似乎都以歌辭為主。這些都用歌辭來表示情意，所以稱為「樂語」。[1]他隨即舉出《國語 · 周語》下一段文字認為是「樂語」的遺存的例子。其全文如下：

> 晉羊舌肸（叔向）聘於周，發幣於大夫及單靖公。靖公享之。語說（悅）〈昊天有成命〉。單之老（室老）送叔向，叔向告之曰：……其語〈昊天有成命〉，頌之盛德也。其詩曰：「昊天有成命，二后受之；成王不敢康，夙夜基命宥密。於，緝熙！亶厥心，肆其靖之。」是道成王之德也。成王能明文昭，能定武烈者也。夫道成命者，而稱昊天，翼其上也。二后受之，讓於德也。成王不敢康，敬百姓也。夙夜恭也，寧也，緝，明也；熙，廣也；亶，厚也；肆，固也；靖，和也。其始也，恭儉信寬，帥歸於寧；其終也，寬厚其心，以固和之。始於德讓，中於信寬，終於固和，故曰成。單子儉敬讓咨，以應成德。單若不興，子孫必蕃，後世不忘。[2]

---

[1] 朱自清：《朱自清全集 · 詩言志辨》（南京市：江蘇教育出版社，1990年），頁138。

[2] 董立章：《國語譯注辨析》，頁118-119。

　　朱先生估計〈昊天有成命〉是這回享禮中演奏的樂歌；而單靖公言語之間很賞識這首歌辭。叔向的話先詳說這篇歌辭—詩，然後稱讚單靖公的為人，並預言他的家世興盛。朱先生說：這正是「樂語」，正可見「樂語」的重要作用。[3]叔向更引〈大雅・既醉〉六章並加以同樣的解說。叔向說：

> 詩曰：「其類維何？室家之壼。君子萬年，永錫祚胤。」類也者，不忝前哲之謂也。壼也者，廣裕民人之謂也。萬年也者，令聞不忘之謂也。胤也者，子孫蕃育之謂也。單子朝？不忘成王之德，可謂廣裕民人矣。若能類善物，以混（惲）厚民人者，必有章譽蕃育之祚（福），則單子必當之矣。單若有闕，必茲君之子孫實之（上繼其位為王室卿士），不出於他矣。[4]

　　綜合而論，叔向這兩段對《詩》的析述，應該是十分珍貴的先秦「樂語」之教的資料。它的時代比最新發現的上海博物館藏的《孔子詩論》還早很多。質言之，這可能是現存最早和最完整的先秦詩說，雖然只有〈昊天有成命〉全首及〈既醉〉八章中的第六章，但已足以反映先秦詩說的原貌。

　　除了《國語》的材料外，朱先生也分別引用以下二則資料來證明先秦的「鐘鼓道志」、「樂以言志、歌以言志、詩以言志」是傳統的一貫。《論語・陽貨》云：「孺悲卻見孔子，孔子辭以疾。

---

[3] 同前註，頁118-119。

[4] 董立章：《國語譯注辨析》，頁120-121。

將命者出戶,取瑟而歌,使之聞之。」[5]朱先生認為「也許歌辭中還暗示着不願見的意思。若這解釋不錯,這也便是『樂語』了。」即以音樂中的歌辭表現出彈奏者的思想,正如《禮記‧仲尼燕居》說「入門而金作,示情也。升歌〈清廟〉,示德也。下而管〈象〉,示事也。是故古之君子,不必親相與言也,以禮樂相示而已。」[6]春秋時代人們生活與樂歌的關係十分密切。因此,貴族社會的士大夫們便開始利用《詩》來作為社交場合的傳情達意的重要工具。

正如上文所述,詩歌與西周早期教育的關係十分密切。國子學習的內容包括禮儀、音樂和舞蹈。歌辭中的含義與解釋可能就是「樂語」的主要內容。《學記》在講述大學開學的情形時說:「大學始教,皮弁祭菜,示敬道也;宵雅肄三,官其始也;入學鼓篋,孫(遜)其業也。」宵雅即小雅。大學開學時演奏〈鹿鳴〉、〈四牡〉、〈皇皇者華〉三篇,《禮記正義》引鄭注後曰:「為始學者習(演奏)之,所以勸之以官者,小雅三篇皆君臣燕樂及相勞苦,今為學者歌之,欲使學者得為官,與君臣相燕樂,各自勸勵。」[7]

《詩序》說:「〈鹿鳴〉,燕群臣嘉賓也。既飲食之,又實幣帛筐篚以將(傳達)其厚意,然後忠臣嘉賓得盡其心矣。」[8]陳子展認為本篇乃「王者宴群臣嘉賓之詩。詩義自明,《序》說是也。」[9]《詩序》又說:「〈四牡〉,勞使臣之來也。有功而見知,

---

[5] 楊伯峻:《論語譯注》,頁188。

[6] 參看朱自清:《朱自清全集‧詩言志辨》,頁138-139;〔唐〕孔穎達疏:《禮記注疏》(臺北市:藝文印書館,1976年),頁854。

[7] 《禮記正義‧學記》,頁3。

[8] 陳子展:《詩經直解》(上海市:復旦大學出版社,1983年),頁513。

[9] 同前註,頁516。

則說矣。」[10]陳子展認為《序》的說法是「就其用作樂章而言，
非必詩之本義。」這是因為此篇五章，均有「王事靡盬（不寧息）」，
詩人表示傷悲，不得奉養其父母。換言之，應是臣子「出使思歸
之詞。」[11]陳氏更引述《左傳·襄公四年》和《國語·魯語》說
明是《序》意所本。[12]《詩序》說：「〈皇皇者華〉，君遣使臣也。
送之以禮樂，言遠而有光華也。」[13]陳子展認為此篇與〈四牡〉
同是使臣在途自詠之作。後乃作為樂章，一用之於君勞使臣之
來，一用之於君遣使臣之往。一云「王事靡盬」，似為軍事出使；
一云「周爰咨諏」，似為聘問出使。」[14]〈學記〉屬於戰國時代的
作品，其對西周時大學開學禮儀的敘述應屬可信。如此而言，〈正義〉
的解釋實屬合乎情理，而陳氏的分析詩樂雖互為表裏，但樂師用
之作為官廷樂曲，一般已賦予特定的意義。這種特定的意義有時
會與詩的本義相同或相近，如〈鹿鳴〉；有時雖則與詩的本意不
很一致，但仍與所述主題有關，如〈四牡〉和〈皇皇者華〉都是
與「使臣」的活動為主。我們可以推想樂師通個採集詩歌，對其
加工入樂後，當立即擬定在什麼場合演奏，並將其含意（主旨）
確定下來。國子在大學學習音樂、舞蹈時，也必然要對這方面的
知識加以掌握，這大概便是朱自清先生所說的「樂語」。

我們再以另一例子對此加以說明。魯襄公四年，魯國為了回
報晉國知武子的來聘，襄公遂命叔孫穆子出使晉國。《左傳》載：

10　同前註，頁518。
11　同前註，頁520。
12　同前註，頁520。
13　同前註，頁521。
14　同前註，頁524。

晉侯享之，金奏〈肆夏〉之三，不拜。工歌〈文王〉之三，又不拜。歌〈鹿鳴〉之三，三拜。韓獻子使行人子員問之曰：「子以君命辱敝邑，先君之禮，籍以為樂，以辱吾之。吾子舍（捨）其大，而重拜其細，敢問何禮也。」對曰：「三〈夏〉，天子所以享元侯也。使臣敢與聞。〈文王〉，兩君相見之樂也，臣不敢及。〈鹿鳴〉，君所以嘉寡君也，敢不拜嘉？〈四牡〉，君所以勞使臣也，敢不重拜？〈皇皇者華〉，君教使臣『必諮於周』。臣聞之，訪問於善為咨，咨親為詢，咨禮為度，咨事為諏，咨難為謀。臣獲五善，敢不重拜？」[15]

　　這段記載也見於《國語‧魯語》下，所記稍有差別，如《左傳》言「嘉寡君」，《國語》言「嘉先君」。勞孝輿《春秋詩話》指出叔孫穆子「于春秋時賦詩最多」的一位卿大夫，他可說是當時的一位《詩》學專家。[16]

　　從上文所載，晉侯在宴饗穆子時，樂工演奏〈肆夏〉三篇和〈文王〉三篇時，並不如一般情形下拜，引起了韓獻子的疑惑。因為這些樂章都是較為隆重的歌曲，表示晉國對來使的一種大禮。相反地，他對遠遜於此規格的〈鹿鳴〉三篇卻加重答拜。這種「舍（捨）其大而加禮於其細」的情形，對晉人而言是不合當時的外交慣例。然而，精通《詩》學的叔孫穆子並非對此不理解。《國語》記載了穆子的回答：「夫先樂金奏〈肆夏〉：〈樊〉、〈遏〉、

15　李學勤主編：《十三經注疏‧春秋左傳正義》（北京市：北京大學出版社，1999年），頁951-956。

16　勞孝輿：《春秋詩話‧卷之一》（廣東市：廣東高等教育出版社，1998年），頁7。

〈渠〉，天子所以饗元侯也；夫歌〈文王〉、〈大明〉、〈綿〉，則兩君相見之樂也。皆昭令德以合好也，皆非使臣之所敢聞也。臣以為肆業[17]及之，故不敢拜。」[18]〈肆夏〉三篇在傳統安排上天子接待侯伯的樂章。〈文王〉三篇則為諸侯相見時的樂章，兩者使用的場合早經周代樂官確定。然而，自平王東遷、周室衰微以後，諸侯的樂師已沒有嚴格跟隨原來的安排。晉國君臣大概已忘掉了有關的規定，故在穆子面前演奏有關篇章，而對其不答拜心感懷疑。在晉人眼中，〈肆夏〉、〈文王〉是較為隆重的樂章，至於其所代表的意義，則不甚了解。其後，當樂工演奏〈鹿鳴〉三篇時，他們只知道是較低層次的歌樂，穆子卻對它深表謝意。在面對晉人的疑問後，穆子便把這些詩篇的主旨和所代表的特殊意義加以解釋。

據上文的研究，穆子的分析基本上是依據西周的傳統解釋，亦也是朱自清先生所說的「樂語」。當然，穆子一方面指出各種樂歌的主旨，另一方面也避免得罪晉國，故只推說以為是樂工們練習演奏的樂章，以免晉人尷尬。至於穆子對〈鹿鳴〉等三篇的分析，前二者仍屬「樂語」範疇，而最後一篇〈皇皇者華〉，則對此詩的詩句和用字加以發揮，而明顯超出「樂語」的範圍，而是「斷章取義」的性質了。魯國保存了大量的周代文獻，故穆子對《詩》的樂語的認識，已遠遠超越其他國家的卿大夫的水平。同時，我們也更能明白孔子慨嘆〈雍〉詩「奚取于三家之堂。」因為它代表著魯國卿大夫的失禮僭越的行為。穆子就是三桓的叔孫氏，其後人也不能遵守有關的禮儀。

---

[17] 按：肆業即是練習。
[18] 董立章：《國語譯注辨析》，頁209-211。

事實上，早在《左傳‧文公四年》載，衛國的寧武子出使魯國，魯國也犯了相同的錯誤。當時，魯文公設宴時，出現以下的情形：

> 衛寧武子來聘，公與之宴，為賦〈湛露〉及〈彤弓〉，不辭，又不答賦。使行人私焉。對曰：臣以為肄業及之也。昔諸侯朝正於王，王宴樂之，於是乎賦〈湛露〉，則天子當陽，諸侯用命也。諸侯敵王所愾，而獻其功，王於是乎賜之彤弓一，彤矢百，旅弓矢千，以覺報宴。今陪臣來繼舊好，君辱貺之，其敢干大禮以自取戾。[19]

文中清楚顯示在當時外交場合上，主人對客人的禮儀，客人需表示謙讓，或「答賦」。寧武子沒有作出任何回應，情形就如叔孫穆子之於晉侯。由此可見，春秋時代「樂語」之教雖仍保存下來，但已為多數人所忽略。

　　儘管如此，仍有部分文化水平較高的卿大夫以至諸侯，都努力學習這方面的學問。因此，春秋時代的賦詩言志，仍是士大夫特別是外交人員必須熟習的學問，正如夫子對伯魚說：「不學詩，無以言」，正好說明當時的情況。

---

[19] 〔唐〕孔穎達：《春秋左傳正義》（臺北市：藝文印書館，1976年），頁306-307。

下編・分論四
孔子對《詩》的整理

　　孔子《詩》學是指孔子對《詩》的整理與刪訂、對《詩》的研讀與解釋。在開始討論《詩》學《詩》教之前，必須指出孔子教學包括言教、身教，學問只是夫子教授內容的一端，而非全部。《論語》曰「子以四教：文、行、忠、信。」又曰：「子曰：弟子入則孝，出則悌，謹而信，汎愛眾，而親仁。行有餘力，則以學文。」又曰：「德行：顏淵，閔子騫，冉有，季路。文學：子游，子夏。」[1]以上三則材料反映孔門教學以仁德為本，以學問為輔。《論語・衛靈公》載：「子曰：『賜也，女以予為多學而識之者與？』對曰：『然，非與？』曰：『非也，予一以貫之。』」[2]夫子此「一以貫之」之道，亦曾在晚年也對曾參說及。曾參並因此為同門解釋說：「夫子之道，忠恕而已矣。」[3]當然，這個「行有餘力，則以學文」不能太死板地理解，否則便會「失之毫釐，謬以千里」，有「刻舟求劍」之弊。[4]

　　《左傳》與《論語》均有不少夫子討論《詩》的材料，現分別開列於下：

---

[1] 楊伯峻《論語譯注》，頁73、5、110。

[2] 同前註，頁161。

[3] 同前註，頁39。

[4] 例如，《論語・先進》篇載：「子路使子羔為費宰。子路曰：『賊夫人之子。』子路曰：『有民人焉，有社稷焉，何必讀書，然後為學？』子曰：『是故惡夫佞者。』」同前註，頁118。

一 《左傳》孔子、子貢引詩表

1.	陳靈公與孔寧、儀行父通於夏姬，皆衷其袘服以戲於朝。洩冶諫曰：「公卿宣淫，民無效焉，且聞不令，君其納之。」公曰：「吾能改矣。」公告二子，二子請殺之，公弗禁，遂殺洩冶。孔子曰：「《詩》云：『民之多辟，無自立辟。』其洩冶之謂乎。」（宣九／頁 701-702）[5]
2.	仲尼曰：「叔孫昭子之不勞，不可能也。周任有言曰：『為政者不賞私勞，不罰私怨。』《詩》云：『有覺德行，四國順之。』」（昭五／頁 1263）
3.	九月，公至自楚。孟僖子病不能相禮，乃講學之，苟能禮者從之。及其將死也，召其大夫曰：「禮，人之幹也。無禮，無以立。吾聞將有達者曰孔丘，聖人之後也，而滅於宋。其祖弗父何以有宋而授厲公。及正考父，佐戴、武、宣，三命茲益共。故其鼎銘云：『一命而僂，再命而傴，三命而俯。循牆而走，亦莫余敢侮。饘於是，鬻於是，以糊余口。』其共也如是。臧孫紇有言曰：『聖人有明德者，若不當世，其後必有達人。』今其將在孔丘乎？我若獲沒，必屬說與何忌於夫子，使事之，而學禮焉，以定其位。」故孟懿子與南宮敬叔師事仲尼。仲尼曰：「能補過者，君子也。《詩》曰：『君子是則是效。』孟僖子可則效已矣。」（昭七／頁 1294-1295）
4.	仲尼謂：「子產於是行也，足以為國基矣。《詩》曰：『樂只君子，邦家之基。』子產，君子之求樂者也。」且曰：「合諸侯，藝貢事，禮也。」（昭十三／頁 1360）

---

5 宣九即宣公九年，楊伯峻：《春秋左傳注》（高雄市：復文圖書出版社，1997 年），頁 701-702，下仿此。

5.	仲尼曰：「善哉！政寬則民慢，慢則糾之以猛。猛則民殘，殘則施之以寬。寬以濟猛，猛以濟寬，政是以和。《詩》曰：『民亦勞止，汔可小康。惠此中國，以綏四方。』施之以寬也。『毋從詭隨，以謹無良。式遏寇虐，慘不畏明。』糾之以猛也。『柔遠能邇，以定我王。』平之以和也。又曰：『不競不絿，不剛不柔。布政優優，百祿是遒。』和之至也。」（昭二十／頁 1421-1422）
6.	仲尼聞魏子之舉也，以為義，曰：「近不失親，遠不失舉，可謂義矣。」又聞其命賈辛也，以為忠：「《詩》曰：『永言配命，自求多福』，忠也。魏子之舉也義，其命也忠，其長有後於晉國乎！」（昭二十八／頁 1493-1496）
7.	衛出公自城鉏使以弓問子贛，且曰：「吾其入乎？」子贛稽首受弓，對曰：「臣不識也。」私於使者曰：「昔成公孫於陳，寧武子、孫莊子為宛濮之盟而君入。獻公孫於衛齊，子鮮、子展為夷儀之盟而君入。今君再在孫矣，內不聞獻之親，外不聞成之卿，則賜不識所由入也。《詩》曰：『無競惟人，四方其順之。』若得其人，四方以為主，而國於何有？」（哀二十六／頁 1731-1732）

二　《論語》孔子引詩/用詩表

1.	子貢曰：「貧而無諂，富而無驕，何如？」子曰：「可也。未若貧而樂，富而好禮者也。」子貢曰：「《詩》云：『如切如磋，如琢如磨』，其斯之謂與？」子曰：「賜也，始可與言《詩》已矣。告諸往而知來者。」（〈學而〉／楊伯峻《論語譯注》頁 9，簡略為〈學而〉／頁 9；下仿此。）
2.	子曰：「《詩》三百，一言以蔽之，曰：『思無邪。』」（〈為政〉／頁 11）
3.	三家者以〈雍〉徹。子曰：「『相維辟公，天子穆穆』，奚取於三家之堂？」（〈八佾〉／頁 23）

4.	子夏問曰：「『巧笑倩兮，美目盼兮，素以為絢兮』何謂也？」子曰：「繪事後素。」曰：「禮後乎？」子曰：「起予者商也，始可與言《詩》已矣。」（〈八佾〉／頁 25）
5.	子曰：「《關雎》，樂而不淫，哀而不傷。」（〈八佾〉／頁 30）
6.	子謂〈韶〉：「盡美矣，又盡善也。」謂〈武〉：「盡美矣，未盡善也。」（〈八佾〉／頁 33）
7.	子在齊聞〈韶〉，三月不知肉味，曰：「不圖為樂之至於斯也！」（〈述而〉／頁 70）
8.	子所雅言：《詩》、《書》、執禮，皆雅言也。（〈述而〉／頁 71）
9.	子曰：「興於詩，立於禮，成於樂。」（〈泰伯〉／頁 81）
10.	子曰：「師摯之始。〈關雎〉之亂，洋洋乎盈耳哉！」（〈泰伯〉／頁 83）
11.	子曰：「惡紫之奪朱也，惡鄭聲之亂雅樂也，惡利口之覆邦家者。」（〈泰伯〉／頁 79）
12.	子曰：「吾自衛反魯，然後樂正，〈雅〉、〈頌〉各得其所。」（〈子罕〉／頁 92）
13.	子曰：「衣敝縕袍，與衣狐貉者立，而不恥者，其由也與。『不忮不求，何用不臧？』」子路終身誦之。子曰：「是道也，何足以臧？」（〈子罕〉／頁 95）
14.	「唐棣之華，偏其反而。豈不爾思？室是遠爾。」子曰：「未之思也，夫何遠之有。」（〈子罕〉／頁 96）
15.	子張問崇德辨惑。子曰：「主忠信，徙義，崇德也。愛之欲其生，惡之欲其死。既欲其生，又欲其死，是惑也。『誠不以富，亦只以異。』」（〈顏淵〉／頁 127）
16.	子曰：「誦《詩》三百，授之以政，不達；使於四方，不能專對；雖多，亦奚以為？」（〈子路〉／頁 135）
17.	子擊磬於衛，有荷蕢而過孔氏之門者，曰：「有心哉，擊磬乎！」

	既而曰:「鄙哉,硜硜乎,莫己知也,斯己而已矣。深則厲,淺則揭。」(〈憲問〉／頁 158)
18.	顏淵問為邦。子曰:「行夏之時,乘殷之輅,服周之冕,樂則〈韶〉〈舞〉。放鄭聲,遠佞人,鄭聲淫,佞人殆。」(〈衛靈公〉／頁 164)
19.	陳亢問於伯魚曰:「子亦有異聞乎?」對曰:「未也。嘗獨立,鯉趨而過庭,曰:『學詩乎?』對曰:『未也。』『不學詩,無以言。』鯉退而學詩。他日又獨立,鯉趨而過庭,曰:『學禮乎?』對曰:『未也。』『不學禮,無以立。』鯉退而學禮。聞斯二者。」陳亢退而喜曰:「問一得三,聞詩、聞禮,又聞君子之遠其子也。」(〈季氏〉／頁 178)
20.	子曰:「小子何莫學夫詩?詩,可以興,可以觀,可以群,可以怨。邇之事父,遠之事君。多識於鳥獸草木之名。」(〈陽貨〉／頁 185)
21.	子謂伯魚曰:「女為〈周南〉、〈召南〉矣乎?人而不為〈周南〉、〈召南〉,其猶正牆面而立也與!」(〈陽貨〉／頁 185)

除了以上資料外,《論語》中還有三則與此課題有關,可視為附錄,包括:

1.	孔子謂季氏,「八佾舞於庭,是可忍也,孰不可忍也。」(〈八佾〉／頁 23)
2.	子語魯大師樂,曰:「樂其可知也:始作,翕如也;從之,純如也,皦如也,繹如也,以成。」(〈八佾〉／頁 32)
3.	曾子有疾,召門弟子曰:「啟予足!啟予手!《詩》云:『戰戰兢兢,如臨深淵,如履薄冰。』而今而後,吾知免夫!小子!」(〈泰伯〉／頁 79)

　　據以上兩表，《左傳》共載孔子引詩六則，子貢引《詩》一則，用詩八首。《論語》中孔子論《詩》共二十一則，附錄三則。兩者與孔門《詩》學均有非常密切的關係。由於夫子對歷史非常關注，晚年更對魯《春秋》進行修訂。因此，我們認為《左傳》的編撰者可能就是《論語》中的左丘明，是魯國一名資深史官，非常熟悉各國歷史文獻，品行上亦有可觀。[6]因此，當夫子整理《春秋》時，其他弟子如「子夏之徒不能贊一詞」時，左丘明卻得聞夫子對這些人的評論，而記錄下來。[7]而《左傳》「君子曰」亦是左丘明仿效夫子而全面地開展對有關歷史人物與事件進行評鑒，以反映其自身的觀點。此安排，已超越了傳統史官的工作，對後世產生很大的影響。[8]

---

[6] 《論語·公冶長》載：「子曰：『巧言、令色、足恭，左丘明恥之，丘亦恥之。匿怨而友其人，左丘明恥之，丘亦恥之。」（楊伯峻：《論語譯注》，頁52）按：楊伯峻不信此左丘明為《左傳》作者，原因是「因為孔子這段言語把左丘明放在前面，而且引以為重。據楊氏《春秋左傳注·前言》，其說本唐人陸淳《春秋集傳纂例·趙氏損益例》。詳觀有關左丘明的記錄，我們認為楊氏的說法可疑。

[7] 《左傳》記述夫子評論有關歷史或當時人事甚多，除上引六則《詩》外，據李啟謙等《孔子資料匯編》，共26則，包括1-3、5-6、8-11、14、16-19、22、24、27-32、34-37。以上材料見同書，頁2-10。

[8] 《史記》的「太史公曰」、《通鑑》的「臣光言」等，都是受《左傳》「君子曰」而出現的。其他較著名的如荀悅《漢紀》、王夫之《讀通鑑論》、《宋論》的評論也屬此類性質。

下編‧分論五
孔門詩教的最終完成——《孔子詩論》

　　馬承源在〈戰國楚竹書的發現保護和整理〉一文說，一九九四年春天，香港中文大學張光裕教授告訴他，在香港的古玩市場上陸續出現了一些竹簡，並將摹本電傳過來。這批材料後來被確認為先秦古籍，最終由上海博物館購買下來。同年冬，再有四百九十七支同類型竹簡由熱心人士出資收購並捐贈與上海博物館。這一千二百餘支完整和斷殘竹簡的辭文內容有哲學、文學、歷史、政論等等方面的豐富記載，文字三萬餘，是先秦古籍一次非同尋常的發現。按所著內容，包括少數重本的書篇在內，共約百種。……（其中）只有不到十種能和流傳至今的先秦古籍相對照。」[1]利用此批資料，馬氏曾論及楚竹書中有關先秦音樂的書——《孔子詩論》、《詩樂》和幾篇未見於《毛詩》的詩篇。他指出：「詩本是音樂的組成部分，詩句就是樂曲的詞。楚竹書中的《詩樂》是殘件，所見七支簡上端正地寫各種詩的篇名和演奏詩曲吟唱詩的各種音高。其中有一個篇名稱〈碩人〉。……其餘四十種篇名……估計都是三百零五篇以外的詩的篇名……其中發現了宮、商、徵、羽四個「聲」名或「階」名，其次是變化音名，有穆、和之名，已見於曾侯乙墓編鐘，楚王青銅鐘上也有「穆商」這個名稱，這九個音名是否都和楚國的樂名有關還不知道，但是可以說是楚國郢都流行詩曲的調名，因為詩曲可能有本地的，也

---

[1] 馬承源主編：《上海博物館藏戰國楚竹書（一）》（上海市：上海古籍出版社，2001年），頁1-3。

有外地傳入的。」[2]可見，這批《詩樂》簡對先秦樂曲—特別是楚國音樂——的解密具有特殊意義。詩、樂相兼相通的情形，再次獲得真實的證據。

其中，《孔子詩論》的發現、整理和出版，是具有劃時代的意義，除在龐朴教授主持的簡帛網[3]已刊載逾百篇研究外，朱淵清、廖名春編《上海館藏戰國楚竹書研究》收錄了四十三篇論文，並初步編輯研究目錄一百三十篇作為附錄。[4]此外，劉信芳《孔子詩論述學》是第一部與《孔子詩論》有關的專著[5]；李山先生《詩經析讀》是第一本全面利用有關材料作注釋的著作。[6]此外，散見於各種學術期刊或論文集均不斷有最新研究成果公佈。[7]

一　采詩觀風

古有采詩之事，前文已引《左傳》、《國語》詳言之。今楚簡

---

[2] 同前註，頁3。

[3] 「簡帛網」的網址為www.bamboosilk.org.

[4] 朱淵清、廖名春主編：《上海館藏戰國楚竹書研究》（上海市：上海書店出版社，2002年）。

[5] 劉信芳：《上海博物館藏戰國楚簡‧孔子詩論述學》（合肥市：安徽大學出版社，2003年）。

[6] 李山：《詩經析讀》（海口市：南海出版社，2003年）。

[7] 收錄《孔子詩論》的研究成果較多的期刊包括《文學遺產》、《齊魯學刊》、《中國哲學史》、《中華文史論叢》、《孔子研究》等；個人論文集如廖名春《出土簡帛叢考》（武漢市：湖北教育出版社，2004年），收錄於「第一編：《上博簡初探》，共六章」；又如楊朝明：《儒家文獻與早期儒學研究》（濟南市：齊魯書社，2003年）收錄有關文章十多篇。此外姜廣輝主編的《中國哲學》第24輯，題目為《經學今銓三編》（瀋陽市：遼寧教育出版社，2002年）也收錄了李學勤等學者近十篇的作品。年青學者沈金頌博士遺著：《二十世紀簡帛學研究》（北京市：學苑出版社，2003年）也特別為此課題撰寫了〈上海博物館藏楚竹書研究概述〉一節，載於頁632-648，可參看。

《孔子詩論》又有一證，則此說可屹然不動了。李山先生〈舉賤民而蠲之〉說：「《詩論》第三簡（序號以馬承源《戰國楚竹書》所編為據，下同）說：『邦風其納物也博，觀人俗焉，大斂材焉。』『邦風』可以『觀人俗』，也就是典籍所記『采詩觀風』，而『王官采詩』的『王官』一義，則含在『大斂材』一語之中。『斂材』，馬承源先生的考釋是：『指（收集）邦風佳作，實為采風。』……龐樸先生……認為『大斂材』的『大』為動詞，即『看重這些從事斂材的男女百姓』之意。『斂材』的人雖屬『臣妾』，但為官府做事，身分雖微，卻也是『王官』，其職事很受重視。這便是『王官采詩』說的完整含意。」[8]

李山先生更舉出第四簡：「詩其猶坪門（廣博見聞）；與賤民而蠲之，其用心將如何？曰：邦風是也。」並特別指出「與」字實際是「舉」字的本字[9]，「戈戈」字其實是「賤」字[10]。此項記載與漢代何休《公羊解話・宣公十五年》曰：「男年六十、女五十無子者，官衣食之，使之民間求詩」相合。換言之，出身低賤的老年男女由官家提供衣食，正與「舉賤民而蠲之」的內容契合。而前言「觀人俗」而「大斂材」，即重視「臣妾」們的「采詩」活動。[11]

二　詩無隱志

《尚書・堯典》曰：「詩言志。」這是傳統詩學的根本。《孔

8　李山：《詩經析讀》，頁Ⅶ。

9　同前註，頁Ⅷ。

10　同前註，頁Ⅷ。

11　同前註，頁Ⅷ。

子詩論》第一簡曰：「詩亡隱志，樂亡隱情，文亡隱言。」「詩亡隱志」的「隱」字，馬承源譯為「離」、何琳儀作「陵」、饒宗頤作「吝」、周鳳五作「文」、李銳作「忞」、邱德修作「鄰」、廖名春作「泯」，現據李學勤、裘圭錫作「隱」。隱，隱瞞也。《論語‧述而》曰：二三子以我為隱乎？吾無隱乎爾。吾無行而不與二三子者，是丘也。」[12]又《論語‧季氏》曰：「孔子曰：『侍於君子有三愆：言未及之言謂之躁，言及之而不言謂之隱，未見顏色而言謂之瞽。』」[13]所謂「無隱」，是詩歌沒有隱瞞作者之志。換言之，作者的志可從歌詞中毫無隱瞞地反映出來。

簡二十有相關「隱志」的討論。其文曰：「幣帛之不可去也，民性故然。其隱志必有以俞（諭）也，其言有所載而後納，或前之而後交，人不可觸也。」[14]劉信芳認存「簡文乃《詩論》之論禮，整理者以為是針對〈木瓜〉而發，大致可從。幣帛猶〈木瓜〉之『瓊琚』之類。所謂『前之而後交』，謂前之以禮，而後相交往。」劉氏並引《郭店楚簡‧語叢一》來證明有關社交禮儀。[15]這是因為古人相見有一定的禮物作為見面禮。所謂「隱志」，是指心中的意念或願望。〈木瓜〉詩將男女青年互相愛慕，往往會「藉信物將愛的心願傳達給對方。」當中「隱志必有以諭」的「諭」[16]，正好說明通過「信物」的饋贈後，愛慕的「隱志」便能「諭」了。一般認為夫子乃道貌岸然之君子，故對愛情、美色

---

[12] 楊伯峻：《論語譯注》，頁72-73。

[13] 同前註，頁176；參見，劉信芳：《孔子詩論述學》（合肥市：安徽大學出版社，2003年），頁3。

[14] 劉信芳：《孔子詩論述學》，頁46。

[15] 同前註，頁212-215。

[16] 按：即明白或了解。

得到很少涉及。其實《論語》中有不少關於的討論，如孔子曰：
「予未見好色如好德者。」(〈子罕〉)弟子子夏也說「賢賢易色」
(〈學而〉)，可見孔門並不避談愛情。所以夫子對於中國情詩的
始祖──〈關雎〉篇，便有「〈關雎〉，以色喻于禮」這個評論，
見於《孔子詩論》的第十簡。李學勤先生重排《孔子詩論》，根
據簡文內容（而不分滿寫簡和留白簡之別）把二十九支竹簡分為
十章。第一章包括第十、十四、十二、十三、十五，五簡，其中
與〈關雎〉有關的內容如下：

> 〈關雎〉之改……〈關雎〉以色喻於禮……以琴瑟之悅，
> 擬好色之願，以鐘鼓之樂，……好，反內于禮，不亦能改
> 乎？……〈關雎〉之改，則其思益矣。

文中「好」前依竹簡空位知道是缺四字。姜廣輝以「成兩性之」
四字補入。[17]李山老師則據廖名春教授的編連，用「喻求女之」四
字補入。[18]劉信芳引述饒宗頤教授引馬王堆帛書〈德行〉篇曰：「譬
而知之，謂之進之。……窈窕〔淑女，寤〕寐求之。思色也。求之
弗得，寤寐思服，言其急也。悠哉悠哉，輾轉反側。……由色喻於
禮，進耳。」[19]由此可見，無論在戰國或漢初社會上均有相類的記
錄。《毛詩序》說：「詩者，志之所之也。在心為志，發言為詩。」[20]
所表述的含義也與《詩論》「詩無隱志」相近。

17　姜廣輝：〈古《詩序》復原方案〉，《中國哲學》第二十四輯（2002年4月），
　　頁174。
18　李山：《詩經析讀》，頁5；以上兩種補字，可作參考用。
19　劉信芳：《孔子詩論述學》，頁180-181。
20　陳子展：《詩經直解・關雎序》，頁1。

三 季札觀樂與《孔子詩論》

　　《孔子詩論》有一段通論〈頌〉、〈大夏〉、〈小夏〉、〈邦風〉的文字。第二簡曰：「〈頌〉平德也，多言後。其樂而安而遲，其歌紳（引）而易（逖），其思深而遠，至矣！大夏（雅），盛德也；多言……。」第三簡曰：「也，多言難而怨　退（懟）者也，衰矣！少（小）矣！邦風，其内物也專（博），觀人谷（俗）焉，大斂材焉。其言文，其聲善。」[21]又曰：〔孔子〕曰：詩其猶平門，與（舉）賤民而逸（蠲）（據李山前說）之。其用心也，將如何？曰：「〈邦風〉是也。」『民之有痛患也，上下之不和者，其用心也將如何？［曰：『〈小雅〉是也。」……（第四簡）……何如？曰：『〈大雅〉」〕曰：是也。『有成功者何如？」曰：『〈頌〉是也。」[22]據劉信芳解釋：「由《（孔子）詩論》可知，《詩經》中的《頌》反映先王功烈垂範後世的『平德』；〈大雅〉反映周王得天命的『盛德』；〈小雅〉反映周代統治者『德』的衰微；〈邦風〉反映了『大斂材』的社會生活畫面，具有『觀人俗』的作用，是由下等人參與的普及性詩歌形式。」劉氏概述的内容，正好與季札所述的互相配合。由於季札分別對〈周南〉、〈召南〉、〈邶〉、〈鄘〉、〈衛〉、〈王〉、〈鄭〉、〈齊〉、〈豳〉、〈秦〉、〈魏〉、〈唐〉、〈陳〉等加以評論，並說「自〈鄶〉以下無譏焉。」故並未對〈邦風〉做一個概括的評論。雖然如此，我們仍可從「勤而不怨」、「憂而不困」、「思而不懼」、「其細已甚，民弗堪也」、「國未可量」、「樂

---

[21] 李學勤：〈《詩論》分章釋文〉，《中國哲學》第二十四輯（2002年4月），頁138。

[22] 范毓周：〈上海博物館藏楚簡《詩論》的釋文、簡序與分章〉，《上博館藏戰歌楚竹書研究》（上海市：上海書店出版社，2002年），頁181。

而不淫」、「能憂則大」、「險而易行」、「憂之遠也」、「國無主，其
能久乎」等評語中，以了解《詩論》指〈邦風〉可以『觀人俗』
的作用。此外，對〈小雅〉的的評語稱「思而不貳，怨而不言，
其周德之衰乎？正是《詩論》指〈小雅〉內容『多言難而怨懟者
也，衰矣！小矣！』季札對〈大雅〉的評論屬十分正面。他說：
「廣哉；熙熙乎！曲而有直體，其文王之德乎！」與《詩論》言
「〈大夏（雅）〉，盛德也」的評論極之配合。最後，季札對〈頌〉
的評語最後有「五聲和，八風平。節有度，守有序，盛德之所同。」
楊注「季札只論〈頌〉之樂曲，不論三〈頌〉所頌之人德之高下，
功之大小，故曰『盛德之所同』。我們現在不能肯定當時魯國樂工
所奏是否兼及三〈頌〉，因此楊伯峻的注文可能祇是一個推斷。[23]
依據在前所引述的材料，我們懷疑「周樂」未必一定包括〈商頌〉
和〈魯頌〉。若此說成立，則〈頌〉所謂「盛德的所同」可能是
指《詩論》第二簡『大夏（雅），盛德也』，實際上即〈頌〉與
〈大雅〉都是同樣說明周王得天命的『盛德』。對於〈頌〉，《孔
子詩論》說：「侑成功將如何，〈頌〉是也。」（簡5）而前引：
「〈頌〉，旁德也，多言厚，其樂安而遲，其歌伸而引，其思深
而遠，至矣。」大概便是王國維主張「〈頌〉聲緩」的最佳證據。

四　詩可以興、觀、群、怨

　　《論語・陽貨》記載夫子曰：「詩，可以興，可以觀，可以
群，可以怨。」朱熹《四書章句集注》分別以「感發意志」、「考
見得失」、「和而不流」、「怨而不怒」來解釋興、觀、群、怨四字，

---

[23] 楊伯峻：《春秋左傳注》，頁1161-1166。

相當切合夫子的原意。[24]但其討論僅點到即止，故此，我們可以利用《孔子詩論》進一步分析其含義。《孔子詩論》其實都曾涉及後三者的材料，至於「興」的意義，則未見於《詩論》。我們為求完備，先再徵引一則朱熹闡釋「興」義於此。

《論語・泰伯》云：

> 子曰：興於詩，立於禮，成於樂。

朱熹注曰：「興，起也。詩本性情，有邪有正，其為言既易知，而吟詠之間，抑揚反覆，其感人又易入。故學者之初，所以興起其好善惡惡之心，而不能自己者，必於是而得之。」[25]朱子又引程子曰：「夫古人之詩，如今之歌曲，雖閭巷童稚，皆習聞之而知其說，故能興起。」[26]朱子所謂詩「能興起其好善惡惡之心」，正是「詩可以興」的一個令人明白易曉的注腳。

至於「詩可以觀」，上引《詩論》對〈邦風〉已指出：「〈邦風〉其納物也溥，『觀』人俗焉，大斂材焉。」所謂『觀』，朱子釋為：「考見得失」，現據《詩論》可以釋為：〈邦風〉所包含的題材十分廣泛，可以藉此了解「人俗」之得失、盛衰。換言之，我們可以通過對〈邦風〉的學習，了解社會民生之利弊。李山先生也指出此即傳統文獻所記「采詩觀風」的「觀風」。[27]《孔子詩論》有關孔子對〈風〉詩的評論很多與此有關，例如：

---

24 朱熹：《四書章句集注》（上海市：上海古籍出版社，2001年），頁209-210。
25 同前註，頁121。
26 同前註，頁121-122。
27 李山：《詩經析論》，頁8。

1. 孔子曰：吾以〈葛覃〉得祇初之志，民性固然，見其美必欲反其本。夫「葛」之所見歌也，則以「萋萋」之故也；后稷之見貴也，則以「文武」之德也。（簡16、24）。

2. （孔子曰：）吾以〈甘棠〉得宗廟之敬，民性固然，甚貴其人，必敬其位。悅其人，必好其所為，惡其人者亦然。（簡24）

3. （孔子曰：）〔吾以〈木瓜〉得〕幣帛之不可去也，民性固然，其隱志必有以諭也，其言有所載而後納，或前之而後交，人不可干也。（簡24、20）

4. 孔子曰：〈宛丘〉吾善之，〈猗嗟〉吾喜之，〈鳲鳩〉吾信之，〈文王〉吾義之，〔〈清廟〉吾敬之，〈烈文〉吾悅之，〈昊天有成命〉吾頌〕之。〈宛丘〉曰：「洵有情，而無望，吾善之；〈猗嗟〉曰：「四矢反，以御亂」，吾喜之；〈鳲鳩〉：曰「其儀一兮，心如結也」，吾信之；〈文王〉：曰「文王在上，於昭于天」，吾美之；〔〈清廟〉曰：濟濟多士，秉文之德」，吾敬之。〈烈文〉曰：「無競惟人，不顯惟德。嗚呼，前王不忘」，吾悅之。「昊天有成命，二后受之」，貴且顯矣。吾頌之。〕（簡21、22）[28]

以上四則《孔子詩論》中，首三則的句法結構幾乎全同。其中均有「民性固然」，便是所謂「觀人俗」的真實例子。〈邦風〉反映各地「民性」，是孔門詩說的一個基調。第四則連續討論了七首，分別包括〈邦風〉三首（〈陳〉、〈齊〉、〈曹〉）、〈大雅〉一首和〈周頌〉三首。孔子分別以善、喜、信、美、敬、悅、頌七字在應用這七首

---

[28] 以上文字基本根據李山：《詩經析論・孔子詩論》，頁5-6。

詩所反映的情形。這也是「觀」詩後所得的印象。

朱子解釋「群」是「和而不流」。《孔子詩論》簡十有一則孔子對七首〈邦風〉的評述，與「群」有密切的關係。其文云：

> 〈關雎〉之改，〈樛木〉之時，〈漢廣〉之智，〈鵲巢〉之歸，〈甘棠之保〉，〈綠衣〉之思，〈燕燕〉之情。害曰童而皆，賢於期初者也。[29]

周鳳五認為「簡文列舉……七詩，皆連章復沓，反覆言之，其情由淺而深，至於卒章而止，所謂「重（複）而皆賢於其初」是也。[30]李學勤認為「童」字應作「誦」字，即「誦讀」。「賢」訓為「勝」。整句意思是「誦讀這些詩篇便能有所提高，勝於未讀之時。」[31]劉信芳引述這些主張後，提出很不同的看法，似較可信據。劉氏指出這段文字的「釋讀都沒有很好地解決」。他首先認為彭裕商以《中庸》為例，自己以《荀子・宥坐》為例，證明「害曰」即「蓋曰」。其次，「童」是「童子」，即「未成人之稱」，並引〈衛風・芄蘭〉、〈鄭風・山有扶蘇、狡童、褰裳〉等詩來證明「童」是指「少女眼中的青年男子。「皆」字據《包山簡》一百三十七作「偕」，與「諧」字在經典中多通用。「諧」本義為樂和，今所謂「和諧」。最後，劉氏認為本簡是「出自孔子之口。孔子是以一位老者的慈愛心情看待〈邦風〉中的童（年輕人）之詩的。……這些詩，都是（蓋）表達（曰）年輕人（童）和諧相處（皆），

---

[29] 劉信芳：《孔子詩論評述》，頁20。

[30] 劉信芳：《孔子詩論評述》，頁21。

[31] 劉信芳：《孔子詩論評述》，頁21。

比他們幼年時懂事。(賢)了。……在孔子眼裏,這些年輕人還只是「童」,但已知道與人和諧相處了。「偕」在這裏既指男女相偕,亦指人事關係之偕。作為論詩語,也包含有藝術和諧的含意。」[32] 故此,學習詩歌以後,年輕人「由不知禮(的「初」)都知禮的或長進度階段,而禮具有人際關係準則的意義,依禮則有社會人群的和諧」,也就是夫子所言「詩可以群」的確切解釋。[33]

最後,夫子言「詩可以怨」。夫子一生棲棲遑遑,其學說雖不能獲當世統治者的施行,但仍「知其不可而為之」,而無絲毫的「怨天尤人」。他又說:「人不知而不慍,不亦君子乎。」楊伯峻注釋此句「詩可以怨」為「(詩)可以學得諷刺方法。」[34]《毛詩序》說:〈風〉,風也。教也。……上已風化下,下以風刺上,主文而譎諫,言之者無罪,聞之者足戒,故曰〈風〉。……國史明乎得失之跡,傷人倫之廢,哀刑政之苛,吟詠性情以風(諷)其上,達於事變而懷其舊俗也。」[35]在下者「以〈風〉刺上」、「譎諫」,使「聞者(在上位者)足戒」,正是「詩可以怨」的解說。《孔子詩論》涉及「怨」的題材不少,例如:

1. 民之有痛患也,上下之不和者,其用心也將如何?〔曰:〈小雅〉是也。〕(簡四)

2. 〈祈父〉之刺,亦有以也。〈黃鳥〉則困,天欲反其故也,多恥者其防之乎?(簡九)

---

[32] 劉信芳:《孔子詩論評述》,頁22-24。劉氏並分別對這七首被評為「童而偕」的詩作進一步說明,見同書頁25-35,可參看。

[33] 劉信芳:《孔子詩論評述》,頁24。

[34] 楊伯峻:《論語釋注》,頁185。

[35] 陳子展:《詩經直解》,頁1-2。

3.〈十月〉善諞言。〈雨無正〉、〈節南山〉皆言上之衰也，王公恥之。〈小昊〉多疑矣，言不中其志者也。〈小宛〉其言不惡，小有佞焉。〈小弁〉、〈巧言〉則言讒人之害也。（簡八）

4.〈將大車〉之囂也，則以為不可如何也。（簡二十一）

5.〔〈小雅〉，衰德〕也。多言難而怨退者也，衰矣，少矣。（簡三）³⁶

6.……溺志，既曰天也，猶有怨言。」

7.〈北風〉不絕人之怨。（簡二十七）

以上七則，第一、五兩側屬通論〈小雅〉的性質，如「民之有痛患也、上下之不和也」、「衰矣，小矣」等，反映〈小雅〉與「盛德」之〈大雅〉和〈頌〉，實有不同。在二至四段中，引述〈小雅〉的詩歌共八首，可側面反映司馬遷所述「〈小雅〉怨誹而不亂。」（《史記·屈原賈生列傳》）廖名春認為第六則認為不應是〈鄘風·柏舟〉，因「既曰『天也』是驚嘆其容貌之美，「猶有怨言」是刺其有「失事君子之道」。相對而言，廖氏認為疑是解說〈君子偕老〉。「胡然而言也」為〈君子偕老〉鋪陳宣姜之美詩句。他引用《小序》說：「〈君子偕老〉，刺衛夫人也。夫人淫亂，失事君子之道，故陳人君之德，服飾之盛，宜與君子偕老也。」³⁷第七則是〈邶·北風〉，陳子展說：「〈北風〉，刺虐也。百姓相約

---

³⁶ 范毓周：〈上海博物館藏楚簡《詩論》的釋文、簡序與分章〉，《上博館藏戰歌楚竹書研究》（上海市：上海書店出版社，2002年），頁181-184。第五則「衰德」的「衰」字，是筆者據文義補上的。

³⁷ 廖名春：《上海博物館藏詩論簡校釋劄記》，收於《上博館藏戰國楚竹書研究》（上海市：上海書店出版社，2002年），頁267。持〈柏舟〉說者如周鳳五，見同書頁169。

逃難之詞。詩義自明,《詩序》是也。」[38]《詩序》說:「至于王
道衰,禮義廢,政教失,國異政,家殊俗,而〈變風〉、〈變雅〉
作矣。」[39]正與此相合。馬銀琴、王小盾〈上博簡《詩論》與《詩》
的早期形態〉,全面比較《詩論》與《詩序》的內容,他們認為
出現於《詩論》中的詩歌共有六十首,其中僅存篇名或只存一字
的合共七首,故此,可資比較的共五十三首。在詳細排列兩者的
材料後,兩者的異同可分為三類:

1. 《詩論》與《詩序》的評述互相支持、互相補充與發明,共
   有三十五首。
2. 兩者不發生於同層次上,其間不存在可比性者七首。
3. 兩者的評說不合,表現了完全不同的評判取向者,共十一首,
   而這十一首全部出自〈國風〉。

因此,分析結果顯示,《詩論》與《詩序》兩者互相支持、相互
補充發明的情況,佔絕大多數。他們解釋第三種情形,可能是由
於先秦時代人們對詩歌觀念演變的結果。[40]

因為《詩論》與《詩序》有相當多的接近處,故姜廣輝先生
把它稱為古《詩序》,而反對稱為《孔子詩論》。[41]然而,姜氏的
主張未為學界所認同。我們從孔子與《詩三百》的整理刪訂來看,
也不同意把《詩論》改稱古《詩序》。因為孔子在整理各種文獻

---

[38] 陳子展:《詩經直解》,頁123。陳氏也同意〈君子偕老・序〉為諷刺詩,
   見同書頁145。
[39] 同前註,頁1。
[40] 本文登載於《簡帛網》,見 http//www.bamboosilk.org/wssf/2003/mayingin
   01.htm.
[41] 姜廣輝:《關於古《詩序》的編連、釋讀與定位諸問題研究》,《中國哲學》
   第二十四輯(2002年4月),頁165。

時，都會對有關的內容加以發揮和討論。因此，我們並不贊成姜氏的看法，仍把它稱為《孔子詩論》。

以上四個具體問題，只是我們近年研究孔子與《詩三百》關係的一些探討。因為這方面的研究成果不斷出現，故上文所述只是屬於一些觀察所得到而已。但是，連繫本文其他篇章的分析，我們即使知道在夫子青少年時已有一套相當規模的《詩》在魯國樂官手上。但是，我們還是認為根據「吾自衛返魯」、「雖多，亦奚以為」等可靠文獻，相信孔子曾大規模整理《詩》，並使它成為現時流傳的「上采殷，下采魯，凡三百五篇」今本《詩經》。孔子除了整理、刪訂的工作外，也曾就這些《詩》加以一個非常具備個人風格的討論，這便是上博簡《孔子詩論》。劉信芳先生說：「《詩論》無疑是中國最早的詩學理論著作，內容博大精深。以前我們只能從《論語》以及孔門後學所傳而得知孔子詩學理論之片段，現在……可以較為全面地了解孔子的文學思想，這無論是對於中國文學史的研究，文學理論的研究，還是對於儒家思想體系的研究，都具有十分重要的意義。」[42]如看一下以上數則的分析，我們當然一定會同意劉氏的說法是十分正確的。

在分析《孔子詩論》評及詩歌的表現手法，劉氏指出有「譬」、「擬」、「諭」三種方式。這三種方式都是夫子用以「評論詩歌表現手法的用語」，使我們更清楚了解夫子說詩的一些手法。[43]劉氏指出《詩論》的「最大特點特點是以儒家思想解《詩》，並提出《詩論》中的思想用語可分為三類：

---

[42] 劉信芳：《孔子詩論述學》，頁1。
[43] 這三種手法的詳細分析，同前註，頁38-47。

1.以性、情為中心；

2.以禮為中心；

3.以天命、知為中心。[44]

　　他又以評〈關雎〉等七詩為例，說明「《詩論》解詩構思嚴密」，其評說「深刻透澈而又奔放灑脫，充滿了聖知的光照，體現了形象與思辨的完美結合。」[45]對於《孔子詩論》的表達方式的特色，姜廣輝先生有一段精彩的分析，可作為本文的總結：

> 孔子論詩，有時不依《詩》三百篇的順序，並常聯類發揮，頗有「隨心所欲，不逾距」的氣象，其思維方式表現為一種跳躍式的悟性思維，由讀一詩而產生對別一事物的領悟，並由此昇華為對一般人性的認識。……且孔子語中多用主體意識很強烈的「吾」字，敘述喜歡使用排比句式，很有氣勢。文中字裏行間體現出一位信仰執著、哲理蘊藉、思想犀利、氣象博大的思想巨匠的風範。[46]

----

[44] 同前註，頁298。

[45] 同前註，頁299。

[46] 姜廣輝：〈關於古《詩序》的編連、釋讀與定位諸問題研究〉，頁167。

下編・分論六
戰國以前《（尚）書》的流傳

一

　　《尚書》乃上古帝王之書，原來只稱作《書》，以目前資料而論，《尚書》之名始見於《尚書大傳》，乃是經由歷代史官纂錄的重要政治文獻。[1]因此，此類文獻的不斷積累、流傳和散佚，故實際篇數根本無法估計。由於《（尚）書》是中國文化的基礎，對於本書的早期流傳情況實有極高的學術價值。本文試據可靠的先秦兩漢文獻，以勾劃出《（尚）書》在春秋以前的流傳狀況。

二

　　關於《書》的最早編纂和流傳情況，《漢書・藝文志》認為與孔子有密切的關係：

> 《書》之所起遠矣，至孔子纂焉，上斷於堯，下訖于秦，
> 凡百篇，而為之序，言其作意。秦燔書禁學，濟南伏生獨
> 壁藏之。漢興亡失，求得二十九篇，以教齊魯之間。……
> 《古文尚書》者，出孔子壁中。武帝末（按：王充《論衡》
> 作於景帝末），魯共王壞孔子宅，欲以廣其宮，而得古文
> 尚書及禮記、論語、孝經凡數十篇，皆古字也。……孔安

---

[1] 拙文以討論西周至春秋晚年《（尚）書》的流傳情況為主。本題目既以春秋為限，其時只稱《書》，未有《尚書》之名，故暫稱為《（尚）書》，以示區別。

國者，孔子後也，悉得其書，以考二十九篇，得多十六篇。……書者，古之號令，號令於眾，其言不立具，則聽受施行者弗曉。古文讀應爾雅，故解古今語而可知也。[2]

據此，在孔子編定《尚書》之前，其數目實不明確。而孔子編輯的《書》共有一百篇，編輯原因大概與其所辦之教育事業，有密不可分的關係。在編輯、整理《書》的同時，班固也認為孔子不但對《書》加以研討，並析述其作意。據《論語》所載，可以確定孔子曾為弟子講解《詩》、《書》。至於《書》原有多少篇，《書緯》曾實指共有三千二百四十篇。葛志毅教授〈試論《尚書》的編纂資料來源〉認為此說有一定的根據。他說：

> 《書序》孔疏引《書緯》曰：「孔子求書，得黃帝玄孫帝魁之書，迄於秦穆公，凡三千二百四十篇。斷遠取近，定可以為世法者百二十篇。以百二篇為《尚書》，十八篇為《中侯》。」絕非無稽之談。[3]

吾等綜覽史籍和出土文獻，從沒發現有相近記載。緯書出於漢代，其內容之不可信靠，似已為學者所公認。故此，上述引文中確指《書》原有三千兩百四十篇的，較《史記‧孔子世家》說「古者詩三千餘篇」，更難取信於學者。而所謂「以百二篇為《尚書》，十八篇為《中侯》」更屬子虛烏有，乃是附會百篇《書序》而來。

---

2 王先謙：《漢書補注》（北京市：中華書局，1983年），頁868-869。
3 葛志毅：《譚史齋論稿續編》（哈爾濱市：黑龍江人民出版社，2004年），頁39。

與漢成帝時張霸空造「百兩篇」亦屬相同的事例，當時已由劉向據中秘所藏《古文尚書》明證其偽。[4]

三

今文經學家主張伏生所傳的二十九篇《尚書》為完璧，然據先秦典籍如《墨子》、《孟子》、《禮記》和最近出土之《荊門郭店楚簡》和《上海博物館藏戰國楚竹書（一）》等可靠材料，如竹書的《緇衣》篇引述如〈君牙〉、〈君陳〉等，其中引《書》的篇章有出於二十九篇之外者。由此而言，伏生所傳的二十九篇今文《尚書》並非先秦時期《（尚）書》的全部，應已十分明確。至於二十九篇可能是秦代流傳的一個版本，卻極有可能，因其以〈秦誓〉為終篇，安排上或有其深意存焉。

其實，在春秋晚年，孔子以深懼禮崩樂壞，遂以保存「斯文」為己任。同時，更因其私人講學以取代「學在官府」，需要重新編訂授課的教材，《詩》、《書》的編選便十分自然。然而，誠如章學誠所說：「六藝非孔氏之書，乃周官之舊典也。《易》掌太卜，《書》藏外史，《禮》在宗伯，《樂》隸司樂，《詩》頌於太師，《春秋》存乎國史。」學術資料原是由「有司」保存，然自「官司失守，而師弟子之傳業，於是判焉。」[5]

孔子創辦私人辦學，所講授者多屬傳統的科目。《史記・孔子世家》說夫子「以《詩》、《書》、《禮》、《樂》教」。然其教學條件與官學實有明顯的差異，故其所授者已不能與前代「王官之學」盡同。《孔子世家》又言：

---

[4] 劉起釪：《尚書學史》（北京市：中華書局，1989年），頁108-111。

[5] 章學誠：《校讎通義》（臺北市：華世出版社，1980年），頁561。

孔子之時，周室微而禮樂廢，《詩》、《書》缺。追跡三代
之禮，序書傳，上紀唐虞之際，下至秦繆，編次其事。曰：
「夏禮吾能言之，杞不足徵也。殷禮吾能言之，宋不足徵
也。足，則吾能徵之矣。觀殷夏所損益，曰：後雖百世可
知也……」故書傳、禮記自孔氏。[6]

　　由於《尚書》的內容多載古代聖君賢相治國安邦的言論，故
很早已受到統治者的重視。例如，在周初政權建立之際，周公在
〈多士〉篇指出「惟殷先人有典有冊，殷革夏命」的重要材料。
此類珍貴典籍，大約就是《孟子》、《墨子》所引〈湯征〉一類文
字的概括。又如周公在攝政七年後還政成王時，曾訓勉成王要愛
護小民，勤於政事，應以商代三位明君為榜樣。周公說：

我聞曰：昔在殷王中宗，嚴恭寅畏，天命自度，治民祇懼，
不敢荒寧。……其在高宗，時舊勞於外，爰暨小人，作其
即位，乃或亮陰，三年不言。其惟不言，言乃雍。……其
在祖甲，不義惟王，作其即位，爰知小人之依（痛），能
保惠於庶民，不敢侮鰥寡。[7]

周公所引述商代故事，恐怕也是根據《商書》一類的材料加以概
括而成。或言周公日讀《書》百篇，大概也是此類文獻。只是書
缺有間，其詳不可得而聞也。因此，記載古代帝王治國大經大法

---

[6] 〔漢〕司馬遷：《史記》（香港：中華書局，1978年），頁1935-1936。
[7] 〔唐〕孔穎達等：《孔氏傳尚書·無逸》（北京市：中華書局，1998年），
　　冊一，頁85。

的《（尚）書》，早在殷周之際已為統治階層所特別重視。對於此類上古以來遺留的珍貴政治文獻，周人不但加以引用，並當予以小心的保護和整理。葛志毅教授正確指出：

> 《逸周書·嘗麥》載大史把王命頒布的命書及用於祠祭的祝文收集起來，「藏之盟府，以為歲典」，即作為重要的檔案文件保存起來。……（又）如《左傳》哀公三年魯失火，南宮敬叔「命周人出御書，子服景伯命宰人出禮書，」按御書與禮書應是兩種某方面的專門檔案文件，周人與宰人則是這方面的主管官員。……《左傳》定公四年祝佗說踐土之盟的載書「藏在周府，可覆視也」，已事隔百餘年，而載書仍在，可見保存之完好。更有一例，僖公五年宮之奇說：「虢仲、虢叔，王季之穆也，為文王卿士，勳在王室，藏于盟府，」按由周初至魯僖公時，前後約 400 年，而有關文書仍被保存著，可見文件保存制度之完善。[8]

以上多條資料，足以證明自周代以來，無論是天子或諸侯，均十分重視治國典籍的保存。這也為日後夫子編《書》提供了客觀條件。

據現存今文《尚書》和《逸周書》反映，西周自武王、周公、成王開始，對「天命靡常」[9]的教訓特別注意，故對記錄歷代帝王的治國的經驗均加以搜集整理。如今本〈堯典〉、〈皋陶謨〉、〈禹貢〉等篇，據學者研究，均是依據古代流傳下來的資料寫定。

---

8 葛志毅：《譚史齋論稿續編》（哈爾濱市：黑龍江人民出版社，2004年），頁37-38。引文原缺「子服景伯命」五字，今據《左傳》補上。

9 例如，關於周公的天命觀，可參看陳來：《古代宗教與倫理：儒家思想的根源》（北京市：三聯書店，1996年），頁169-182。

雖然有學者認為這些篇章的最後寫定日期，可能在西周後期，甚
或遲至戰國年間，但從文獻的承傳和政治現實角度來考慮，此等
文獻在周初當曾作較有系統的整理。例如，西周書國初期提出「興
滅國，繼絕世」的思想，分封了包括堯、舜、禹等前代帝王的後
人。此種安排，客觀上也需對其歷史和世系加以釐清。《史記・
五帝本紀》載：

> 太史公曰⋯⋯孔子所傳〈五帝德〉及〈帝繫姓〉，儒者或不
> 傳。⋯⋯予觀《春秋》、《國語》，其發明〈五帝德〉、〈帝繫姓〉
> 章矣。[10]

史遷所見的《世本》[11]（今有輯本）、《五帝德》和《帝繫姓》[12]等，
正是此類史料的遺存漢初者。他在〈太史公自序〉曾說：

> 遷生龍門，耕牧河山之陽。年十歲則誦古文。[13]

又說：

> 秦撥去古文，焚滅《詩》、《書》，故明堂石室金匱玉版圖
> 籍散亂，於是漢興，⋯⋯文學彬彬稍進，《詩》、《書》往
> 往間出⋯⋯百年之間，天下遺文古事靡不畢集太史公。太

---

[10] 〔漢〕司馬遷：《史記》，頁46。

[11] 現有輯佚本科參考，如《世本八種》，中華書局，2008。

[12] 今本《大戴禮記》存此二篇，編者戴德的時代稍後於史遷，故將此二篇收錄
於其書中。其內容可參看王聘珍：《大戴禮記解詁》（北京市：中華書局，
1998年），頁117-130。

[13] 〔漢〕司馬遷：《史記》，頁3293。

　　史公父子相繼纂其職。[14]

故此，其所見便包括不少「儒者或不傳」的史料。到了西周晚年，〈小雅・小旻〉作者曾用《(尚)書・洪範》的材料寫入詩中，[15]反映《(尚)書》在西周士大夫心中的重要地位。

　　四

　　春秋時代《尚書》流傳的情況，以《左傳》所載最為詳盡可靠。從《左傳》反映徵引和討論《書》的材料而言，約可分為時人引《書》論《書》、孔子引《書》和君子引《書》等三大類。

（一）時人引《書》論《書》表

1.	（魯莊）公曰：「不可。我實不德，齊師何罪？罪我之由。〈夏書〉曰：『皋陶邁種德，德，乃降。』姑務修德，以待時乎！」（莊公八年，省略為莊／八，下仿此。）[16]
2.	卜偃稱疾不出，曰：「《周書》有之：『乃大明服。』己則不明，而殺人以逞，不亦難乎？民不見德？而唯戮是聞，其何後之有？」（僖／二十三）[17]
3.	（晉）作三軍。謀元帥。趙衰曰：「郤縠可。臣亟聞其言矣，說禮、樂而敦《詩》、《書》。《詩》、《書》，義之府也。禮、

[14] 〔漢〕司馬遷：《史記》，頁3319。

[15] 劉起釪：《尚書學史》（北京市：中華書局，1989年），頁19，「《詩・小旻》：國雖靡止，或聖或否；民雖靡膴，或哲或謀，或肅或艾。全用〈洪範〉五事的肅、乂、哲、謀、聖入詩。」

[16] 楊伯峻：《春秋左傳注》，頁173-174。

[17] 同前註，頁40。

	樂，德之則也。德、義，利之本也。〈夏書〉曰：『賦納以言，明試以功，車服以庸。』君其試之！」（僖／二十七）[18]
4.	白季引〈康誥〉曰：「父不慈，子不祇，兄不友，弟不共，不相及也。」《詩》曰：「采葑采菲，無以下體。」君取節焉可也。（僖／三十三）[19]
5.	（寧）嬴曰：「……《商書》曰：『沈漸剛克，高明柔克。』夫子（按：指晉陽處父）壹之，其不沒乎。（文／五）[20]
6.	晉郤缺言於趙宣子曰……子為正卿，以主諸侯，而不務德，將若之何？〈夏書〉曰：『戒之用休，董之用威，勸之以〈九歌〉，勿使壞。』……宣子說之。（文／七）[21]
7.	季文子使大史克對曰：「先大夫臧文仲教行父事君之禮，行父奉以周旋，弗敢失墜。曰：『見有禮於其君者，事之如孝子之養父母也。見無禮於其君者，誅之如鷹鸇之逐鳥雀也。』先君周公制《周禮》曰：『則以觀德，德以處事，事以度功，功以食民。』作〈誓命〉曰：『毀則為賊，掩賊為藏，竊賄為盜，盜器為奸。主藏之名，賴奸之用，為大凶德，有常，無赦，在〈九刑〉不忘。』……舜臣堯，賓於四門，流四凶族渾敦、窮奇、檮杌、饕餮，投諸四裔，以御魑魅。是以堯崩而天下如一，同心戴舜以為天子，以其舉十六相，去四凶也。故〈虞書〉數舜之功，曰『慎徽五典，五典克從』，無違教也。曰『納於百揆，百揆時序』，無廢事也。曰『賓於四門，四門穆穆』，無凶人也。舜有大功二十而為天子，今

[18] 同前註，頁445-446。
[19] 同前註，頁502。
[20] 同前註，頁541。
[21] 同前註，頁563-564。按：九功之德皆可歌，謂之〈九歌〉。

	行父雖未獲一吉人，去一凶矣，於舜之功，二十之一也，庶幾免於戾罪乎！」（文／十八）[22]
8.	中行桓子曰：「使疾其民，以盈其貫，將可殪也。《周書》曰：『殪戎殷。』此類之謂也。」（宣／六）[23]
9.	晉侯賞桓子狄臣千室，亦賞士伯以瓜衍之縣。……羊舌職說是賞也，曰：「《周書》所謂『庸庸祗祗』者，謂此物也夫。士伯庸中行伯，君信之，亦庸士伯，此之謂明德矣。文王所以造周，不是過也。故《詩》曰：『陳錫哉周。』能施也。率是道也，其何不濟？」（宣／十五）[24]
10.	楚之討陳夏氏也，莊王欲納夏姬，申公巫臣曰：「不可。君召諸侯，以討罪也。今納夏姬，貪其色也。貪色為淫，淫為大罰。《周書》曰：『明德慎罰。』文王所以造周也。明德，務崇之之謂也；慎罰，務去之之謂也。若興諸侯，以取大罰，非慎之也。君其圖之！」王乃止。（成／二）[25]
11.	軍帥（按：指趙同、趙括等）之欲戰者眾，或謂欒武子曰：「……子之佐十一人，其不欲戰者，三人而已。欲戰者可謂眾矣。《商書》曰：『三人占，從二人。』眾故也。」武子曰：「善鈞從眾。夫善，眾之主也。三卿為主，可謂眾矣。從之，不亦可乎？」（成／六）[26]
12.	韓厥言於晉侯曰：「……《周書》曰：『不敢侮鰥寡。』所以明德也。」（成／八）

[22] 同前註，頁633-642。
[23] 同前註，頁688-689。
[24] 同前註，頁764-765。
[25] 同前註，頁803。
[26] 同前註，頁830-831。

13.	范文子立於戎馬之前，曰：「君幼，諸臣不佞，何以及此？君其戒之！《周書》曰『唯命不於常』，有德之謂。」（成／十六）[27]
14.	單子語諸大夫曰：「……〈夏書〉曰：『怨豈在明？不見是圖。』將慎其細也。」（成／十六）[28]
15.	魏絳曰：「……〈夏訓〉有之曰：『有窮后羿。』」公曰：「后羿何如？」對曰：「昔有夏之方衰也，后羿自鉏遷於窮石，因夏民以代夏政。恃其射也，不修民事而淫於原獸。棄武羅、伯困、熊髡、尨圉而用寒浞。寒浞，伯明氏之讒子弟也。伯明后寒棄之，夷羿收之，信而使之，以為己相。浞行媚於內，而施賂於外，愚弄其民，而虞羿於田，樹之詐慝，以取其國家，外內咸服。羿猶不悛，將歸自田，家眾殺而亨之，以食其子。其子不忍食諸，死於窮門。靡奔有鬲氏。浞因羿室，生澆及豷，恃其讒慝詐偽，而不德於民。使澆用師，滅斟灌及斟尋氏。處澆於過，處豷於戈。靡自有鬲氏，收二國之燼，以滅浞而立少康。少康滅澆於過，后杼滅豷於戈。有窮由是遂亡，失人故也。昔周辛甲之為大史也，命百官，官箴王闕。於〈虞人之箴〉曰：『芒芒禹跡，盡為九州，經啟九道。民有寢、廟，獸有茂草，各有攸處，德用不擾。在帝夷羿，冒於原獸，忘其國恤，而思其麀牡。武不可重，用不恢於夏家。獸臣司原，敢告僕夫。』〈虞箴〉如是，可不懲乎？」於是晉侯好田，故魏絳及之。公曰：「然則莫如和戎乎？」對曰：「和戎有五利焉：戎狄荐居，貴貨易土，土可賈焉，一也。邊鄙不聳，民狎其野，穡人成功，二也。戎狄事晉，四鄰振動，諸侯威懷，三也。以德綏戎，師徒不勤，甲兵不頓，四

---

[27] 同前註，頁890。

[28] 同前註，頁895。

	也。鑒於后羿，而用德度，遠至、邇安，五也。君其圖之！」公說，使魏絳盟諸戎，修民事，田以時。(襄／四)²⁹
16.	晉侯以樂之半賜魏絳……辭曰：「夫和戎狄，國之福也；八年之中，九合諸侯，諸侯無慝，君之靈也，二三子之勞也，臣何力之有焉？抑臣願君安其樂而思其終也！《詩》曰：『樂只君子，殿天子之邦。樂只君子，福祿攸同。便蕃左右，亦是帥從。』夫樂以安德，義以處之，禮以行之，信以守之，仁以厲之，而後可以殿邦國，同福祿，來遠人，所謂樂也。《書》曰：『居安思危。』思則有備，有備無患，敢以此規。」曰：「……夫賞，國之典也，藏在盟府，不可廢也，子其受之。」(襄／十一)³⁰
17.	師曠侍於晉侯。晉侯曰：「衛人出其君，不亦甚乎？」對曰：「或者其君實甚。……天生民而立之君，使司牧之，勿使失性。有君而為之貳，使師保之，勿使過度。是故天子有公，諸侯有卿，卿置側室，大夫有貳宗，士有朋友，庶人、工、商、皂、隸、牧、圉皆有親暱，以相輔佐也。善則賞之，過則匡之，患則救之，失則革之。自王以下，各有父兄子弟，以補察其政。史為書，瞽為詩，工誦箴諫，大夫規誨，士傳言，庶人謗，商旅於市，百工獻藝。故〈夏書〉曰：『遒人以木鐸徇於路。官師相規，工執藝事以諫。』正月孟春，於是乎有之，諫失常也。天之愛民甚矣。豈其使一人肆於民上，以從其淫，而棄天地之性？必不然矣。」(襄／十四)³¹
18.	晉侯問衛故於中行獻子，對曰：「不如因而定之。衛有君矣，伐之，未可以得志而勤諸侯。史佚有言曰：『因重而撫之。』

29 同前註，頁 936-939。

30 同前註，頁 993-994。

31 同前註，頁 1016-1018。

	仲虺有言曰：『亡者侮之，亂者取之，推亡固存，國之道也。』君其定衛以待時乎！」（襄／十四）[32]
19.	魯多盜。季孫謂臧武仲曰：「子盍詰盜？」……武仲曰：「子召外盜而大禮焉，何以止吾盜？子為正卿，而來外盜；使紇去之，將何以能？……夫上之所為，民之歸也。上所不為，而民或為之，是以加刑罰焉，而莫敢不懲。若上之所為，而民亦為之，乃其所也，又可禁乎？〈夏書〉曰：『念茲在茲，釋茲在茲，名言茲在茲，允出茲在茲，惟帝念功。』將謂由己壹也。信由己壹，而後功可念也。」（襄／二十一）[33]
20.	衛獻公自夷儀使與寧喜言，寧喜許之。大叔文子聞之，曰：「烏乎！《詩》所謂『我躬不說，皇恤我後』者，寧子可謂不恤其後矣。將可乎哉？殆必不可。君子之行，思其終也，思其復也。〈逸書〉曰：『慎始而敬終，終以不困。』《詩》曰：『夙夜匪解，以事一人。』今寧子視君不如弈棋，其何以免乎？弈者舉棋不定，不勝其耦。而況置君而弗定乎？必不免矣。九世之卿族，一舉而滅之。可哀也哉！」（襄／二十五）[34]
21.	鄭伯有者酒，為窟室，而夜飲酒擊鐘焉，朝至未已。朝者曰：「公焉在？」其人曰：「吾公在壑谷。」皆自朝布路而罷。既而朝，則又將使子晳如楚，歸而飲酒。庚子，子晳以駟氏之甲伐而焚之。伯有奔雍梁，醒而後知之，遂奔許。大夫聚謀，子皮曰：「〈仲虺之志〉云：『亂者取之，亡者侮之。推亡、固存，國之利也。』罕、駟、豐同生。伯有汏侈，故不免。」（襄／三十）[35]

---

[32] 同前註，頁1019。

[33] 同前註，頁1056-1057。

[34] 同前註，頁1108-1109。

[35] 同前註，頁1175。

22.	公作楚宮。穆叔曰：「〈大誓〉云：『民之所欲，天必從之。』君欲楚也夫！故作其宮。若不復適楚，必死是宮也。」六月辛巳，公薨於楚宮。（襄／三十一） 36
23.	衛侯在楚，北宮文子見令尹圍之威儀，言於衛侯曰：「令尹似君矣！將有他志，雖獲其志，不能終也。《詩》云：『靡不有初，鮮克有終。』終之實難，令尹其將不免？」公曰：「子何以知之？」對曰：「《詩》云：『敬慎威儀，惟民之則。』令尹無威儀，民無則焉。民所不則，以在民上，不可以終。」公曰：「善哉！何謂威儀？」對曰：「有威而可畏謂之威，有儀而可像謂之儀。君有君之威儀，其臣畏而愛之，則而象之，故能有其國家，令聞長世。臣有臣之威儀，其下畏而愛之，故能守其官職，保族宜家。順是以下皆如是，是以上下能相固也。〈衛詩〉曰：『威儀棣棣，不可選也。』言君臣、上下、父子、兄弟、內外、大小皆有威儀也。〈周詩〉曰：『朋友攸攝，攝以威儀。』言朋友之道，必相教訓以威儀也。《周書》數文王之德，曰：『大國畏其力，小國懷其德。』言畏而愛之也。《詩》云：『不識不知，順帝之則。』言則而象之也。紂囚文王七年，諸侯皆從之囚。紂於是乎懼而歸之，可謂愛之。文王伐崇，再駕而降為臣，蠻夷帥服，可謂畏之。文王之功，天下誦而歌舞之，可謂則之，文王之行，至今為法，可謂象之。有威儀也。故君子在位可畏，施舍可愛，進退可度，周旋可則，容止可觀，作事可法，德行可象，聲氣可樂，動作有文，言語有章，以臨其下，謂之有威儀也。」（襄／三十一） 37
24.	子羽謂子皮曰：「叔孫絞而婉，宋左師簡而禮，樂王鮒字而敬，子與子家持之，皆保世之主也。齊、衛、陳大夫其不免乎？

---

36 同前註，頁1184-1185。

37 同前註，頁1193-1195。

	國子代人憂，子招樂憂，齊子雖憂弗害。夫弗及而憂，與可憂而樂，與憂而弗害，皆取憂之道也，憂必及之。〈大誓〉曰：『民之所欲，天必從之。』三大夫兆憂，憂能無至乎？言以知物，其是之謂矣。」（昭／元）³⁸
25.	鄭人鑄刑書。叔向使詒子產書，曰：「……夏有亂政，而作〈禹刑〉，商有亂政，而作〈湯刑〉，周有亂政，而作〈九刑〉，三辟之興，皆叔世也。今吾子相鄭國，作封洫，立謗政，制參辟，鑄刑書，將以靖民，不亦難乎？《詩》曰：『儀式刑文王之德，日靖四方。』又曰：『儀刑文王，萬邦作孚。』如是，何辟之有？民知爭端矣，將棄禮而徵於書。錐刀之末，將盡爭之。亂獄滋豐，賄賂並行，終子之世，鄭其敗乎！肸聞之，『國將亡，必多制』，其此之謂乎！」復書曰：「若吾子之言。僑不才，不能及子孫，吾以救世也。既不承命，敢忘大惠？」（昭／六）³⁹
26.	韓宣子之適楚也，楚人弗逆。公子棄疾及晉竟，晉侯將亦弗逆。叔向曰：「楚辟我，衷若何效辟？《詩》曰：『爾之教矣，民胥效矣。』從我而已，焉用效人之辟？《書》曰：『聖作則。』無寧以善人為則，而則人之辟乎？匹夫為善，民猶則之，況國君乎？」晉侯說，乃逆之。（昭／六）⁴⁰
27.	楚子之為令尹也，為王旌以田。芋尹無宇斷之，曰：「一國兩君，其誰堪之？」及即位，為章華之宮，納亡人以實之。無宇之閽入焉。無宇執之，有司弗與，曰：「執人於王宮，其罪大矣。」執而謁諸王。王將飲酒，無宇辭曰：「……周文王之法曰：『有亡，荒閱』，所以得天下也。吾先君文王，

---

³⁸ 同前註，頁1204。

³⁹ 同前註，頁1274-1277。

⁴⁰ 同前註，頁1279。

	作僕區之法，曰：『盜所隱器，與盜同罪』……昔武王數紂之罪，以告諸侯曰：『紂為天下逋逃主，萃淵藪』，故夫致死焉。君王始求諸侯而則紂，無乃不可乎？若以二文之法取之，盜有所在矣。」……遂赦之。（昭／七）[41]
28.	七月甲戌，齊子尾卒，子旗欲治其室。丁丑，殺梁嬰。八月庚戌，逐子成、子工、子車，皆來奔，而立子良氏之宰。其臣曰：「孺子長矣，而相吾室，欲兼我也。」授甲，將攻之。陳桓子善於子尾，亦授甲，將助之。或告子旗，子旗不信。則數人告。將往，又數人告於道，遂如陳氏。桓子將出矣，聞之而還，游服而逆之。請命，對曰：「聞彊氏授甲將攻子，子聞諸？」曰：「弗聞。」「子盍亦授甲？無宇請從。」子旗曰：「子胡然？彼孺子也，吾誨之猶懼其不濟，吾又寵秩之。其若先人何？子盍謂之？《周書》曰：『惠不惠，茂不茂。』康叔所以服弘大也。」桓子稽顙曰：「頃、靈福子，吾猶有望。」遂和之如初。（昭／八）[42]
29.	戊子，晉平公卒。鄭伯如晉，及河，晉人辭之。游吉遂如晉。九月，……葬平公也。鄭子皮將以幣行。子產曰：「喪焉用幣？用幣必百兩，百兩必千人，千人至，將不行。不行，必盡用之。幾千人而國不亡？」子皮固請以行。……盡用其幣，歸，謂子羽曰：「非知之實難，將在行之。夫子知之矣，我則不足。《書》曰：『欲敗度，縱敗禮。』我之謂矣。夫子知度與禮矣，我實縱欲而不能自克也。」（昭／十）[43]
30.	左史倚相趨過。王曰：「是良史也，子善視之。是能讀〈三墳〉、〈五典〉、〈八索〉、〈九丘〉。」對曰：「臣嘗問焉。昔穆

---

41 同前註，頁1283-1285。
42 同前註，頁1302-1304。
43 同前註，頁1318-1319。

	王欲肆其心，周行天下，將皆必有車轍馬跡焉。祭公謀父作《祈招》之詩，以止王心，王是以獲沒於祗宮。臣問其詩而不知也。若問遠焉，其焉能知之？」王曰：「子能乎？」對曰：「能。其詩曰：『祈招之愔愔，式昭德音。思我王度，式如玉，式如金。形民之力，而無醉飽之心。』」（昭／十二）44
31.	晉邢侯與雍子爭鄐田，久而無成。士景伯如楚，叔魚攝理，韓宣子命斷舊獄，罪在雍子。雍子納其女於叔魚，叔魚蔽罪邢侯。邢侯怒，殺叔魚與雍子於朝。宣子問其罪於叔向。叔向曰：「三人同罪，施生戮死可也。雍子自知其罪，而賂以買直；鮒也鬻獄；刑侯專殺，其罪一也。己惡而掠美為昏，貪以敗官為墨，殺人不忌為賊。〈夏書〉曰：『昏、墨、賊，殺。』皋陶之刑也。請從之。」乃施邢侯而屍雍子與叔魚於市。（昭／十四）45
32.	夏六月甲戌朔，日有食之。祝史請所用幣。昭子曰：「日有食之，天子不舉，伐鼓於社；諸侯用幣於社，伐鼓於朝。禮也。」平子禦之，曰：「止也。唯正月朔，慝未作，日有食之，於是乎有伐鼓、用幣，禮也。其餘則否。」大史曰：「在此月也。日過分而未至，三辰有災。於是乎百官降物，君不舉，辟移時，樂奏鼓，祝用幣，史用辭。故〈夏書〉曰：『辰不集於房，瞽奏鼓，嗇夫馳，庶人走。』此月朔之謂也。當夏四月，是謂孟夏。」平子弗從。昭子退曰：「夫子將有異志，不君君矣。」（昭／十七）46
33.	衛侯告寧於齊，且言子石（按：齊使公孫青，在衛時能守禮）。

---

44 同前註，頁1340-1341。
45 同前註，頁1366-1367。
46 同前註，頁1384-1385。按：《春秋左傳正義》曰：禦，禁也。

	齊侯將飲酒，遍賜大夫曰：「二三子之教也。」苑何忌辭，曰：「與於（公孫）青之賞，必及於其罰。在〈康誥〉曰：『父子兄弟，罪不相及。』況在群臣？臣敢貪君賜以干先王？」（昭／二十）[47]
34.	二十四年春王正月辛丑，召簡公、南宮嚚以甘桓公見王子朝。劉子謂萇弘曰：「甘氏又往矣。」對曰：「何害？同德度義。〈大誓〉曰：『紂有億兆夷人，亦有離德。余有亂臣十人，同心同德。』此周所以興也。君其務德，無患無人。」（昭／二十四）[48]
35.	衛侯使祝佗私於萇弘曰：「聞諸道路，不知信否。若聞蔡將先衛，信乎？」萇弘曰：「信。蔡叔，康叔之兄也，先衛，不亦可乎？」子魚曰：「以先王觀之，則尚德也。昔武王克商，成王定之，選建明德，以蕃屏周。故周公相王室，以尹天下，於周為睦。分魯公以大路，大旂，夏后氏之璜，封父之繁弱，殷民六族，條氏、徐氏、蕭氏、索氏、長勺氏、尾勺氏，使帥其宗氏，輯其分族，將其類醜，以法則周公。用即命於周。是使之職事於魯，以昭周公之明德。分之土田倍敦，祝、宗、卜、史，備物、典策，官司、彝器，因商奄之民，命以〈伯禽〉而封於少皞之虛。分康叔以大路、少帛、綪茷、旃旌、大呂，殷民七族，陶氏、施氏、繁氏、錡氏、樊氏、饑氏、終葵氏；封畛土略，自武父以南，及圃田之北竟，取於有閻之土以共王職。取於相土之東都以會王之東蒐。聃季授土，陶叔授民，命以〈康誥〉，而封於殷虛。皆啟以商政，疆以周索。分唐叔以大路、密須之鼓，闕鞏、沽洗，懷姓九宗，職官五正。命以〈唐誥〉而封於夏虛，啟以夏政，疆以戎索。三者皆叔也，而有令德，故昭之以分物。

[47] 同前註，頁1413。

[48] 同前註，頁1450。

	不然，文、武、成康之伯猶多，而不獲是分也，唯不尚年也。管蔡啟商，惎間王室。王於是乎殺管叔而蔡蔡叔，以車七乘，徒七十人。其子蔡仲改行帥德，周公舉之，以為己卿士。見諸王而命之以蔡，其命書云：『王曰：胡！無若爾考之違王命也。』若之何其使蔡先衛也？武王之母弟八人，周公為大宰，康叔為司寇，聃季為司空，五叔無官，豈尚年哉！曹，文之昭也；晉，武之穆也。曹為伯甸，非尚年也。今將尚之，是反先王也。晉文公為踐土之盟，衛成公不在，夷叔，其母弟也，猶先蔡。其〈載書〉云：『王若曰，晉重、魯申、衛武、蔡甲午、鄭捷、齊潘、宋王臣、莒期。』藏在周府，可覆視也。吾子欲覆文、武之略，而不正其德，將如之何？」萇弘說，告劉子，與范獻子謀之，乃長衛侯於盟。（定／四）[49]
36	吳將伐齊，越子率其眾以朝焉，王及列士，皆有饋賂。吳人皆喜，惟子胥懼，曰：「是豢吳也夫！」諫曰：「越在我，心腹之疾也。壤地同，而有欲於我。夫其柔服，求濟其欲也，不如早從事焉。得志於齊，猶獲石田也，無所用之。越不為沼，吳其泯矣，使醫除疾，而曰：『必遺類焉』者，未之有也。〈盤庚之誥〉曰：『其有顛越不恭，則劓殄無遺育，無俾易種於茲邑。』是商所以興也。今君易之，將以求大，不亦難乎？」弗聽，使於齊，屬其子於鮑氏，為王孫氏。反役，王聞之，使賜之屬鏤以死，將死，曰：「樹吾墓檟，檟可材也。吳其亡乎！三年，其始弱矣。盈必毀，天之道也。」（哀／十一）[50]

　　以上三十六則引《書》、用《書》資料，正好顯示《（尚）書》在春秋時代已開始在各諸侯國間流傳。引用者皆為列國統治者和重

---

[49] 同前註，頁1535-1542。

[50] 同前註，頁1664-1665。

要貴族，包括著名的卜偃、趙衰、叔向、子產、伍子胥等，反映時
人對《書》的權威性的信仰已經確立。若以國別而論，分別為：

國別	條目	引《書》次數	所屬文化圈
晉	2-6，8，9，11-13，15-18，25，26，31	17	中原文化圈
魯	1，7，19，22，32	5	齊魯文化圈
楚	10，27，30	3	楚文化圈
周	14，34	2	中原文化圈
衛	20，23，35	3	中原文化圈
鄭	21，24，29	3	中原文化圈
齊	28，33	2	齊魯文化圈
吳	36	1	吳越文化圈

據上表，引《書》論《書》最多者為晉國，佔總數約二分之
一；其次為魯國，約佔六分之一，反映兩國的文化水平較其他諸
國為高。總之，各國貴族大量徵引，反映《書》的廣泛流傳和備
受尊崇。而文化圈的劃分，是根據李學勤先生的研究，將東周時
代列國劃分為七個文化圈：中原文化圈、北方文化圈、齊魯文化

圈、楚文化圈、吳越文化圈、巴蜀文化圈和秦文化圈。[51]其中北方文化圈、巴蜀文化圈和秦文化圈不見於上表，也客觀反映這三個區域的文化發展在春秋時代較為落後。

此外，孔子以《詩》、《書》教授弟子，其中見於《論語》以《詩》為多。《左傳》中所見，孔子引《書》的材料也有兩則，是孔門《書》學的珍貴資料，包括：

> 1. 仲尼曰：「知之難也。有臧武仲之知，而不容於魯國，抑有由也。作不順而施不恕也。〈夏書〉曰：『念茲在茲。』順事、恕施也。」（襄／二十三）

> 2. 初，昭王有疾。卜曰：「河為祟。」王弗祭。大夫請祭諸郊，王曰：「三代命祀，祭不越望。江、漢、雎、章，楚之望也。禍福之至，不是過也。不穀雖不德，河非所獲罪也。」遂弗祭。孔子曰：「楚昭王知大道矣！其不失國也，宜哉！〈夏書〉曰：『惟彼陶唐，帥彼天常，有此冀方。今失其行，亂其紀綱，乃滅而亡。』又曰：『允出茲在茲。』由己率常，可矣。」（哀／六）

至於《左傳》「君子」引《書》為證，其時代當屬孔子歿後的春秋戰國之間，合共九則。君子引《書》為證，說明《書》的地位的進一步提升。《書》的經典化似已正式完成。「君子」引《書》的內容包括：

---

[51] 李學勤：《中國古代文明十講》（上海市：復旦大學出版社，2003年），頁62-64。

1.	君子曰：「善不可失，惡不可長，其陳桓公之謂乎！長惡不悛，從自及也。雖欲救之，其將能乎？《商書》曰：『惡之易也，如火之燎於原，不可鄉邇，其猶可撲滅？』」 （隱／六）
2.	君子曰：「《商書》所謂『惡之易也，如火之燎於原，不可鄉邇，其猶可撲滅』者，其如蔡哀侯乎。」（莊／十四）
3.	君子曰：「服之不衷，身之災也。《詩》曰：『彼己之子，不稱其服。』子臧之服，不稱也夫。《詩》曰，『自詒伊戚』，其子臧之謂矣。〈夏書〉曰，『地平天成』，稱也。」（僖／二十四）
4.	君子曰：「眾之不可以已也。大夫為政，猶以眾克，況明君而善用其眾乎？〈大誓〉所謂商兆民離，周十人同者眾也。」（成／二）
5.	君子謂：「祁奚於是能舉善矣。稱其仇，不為諂。立其子，不為比。舉其偏，不為黨。《商書》曰：『無偏無黨，王道蕩蕩。』其祁奚之謂矣！解狐得舉，祁午得位，伯華得官，建一官而三物成，能舉善也夫！唯善，故能舉其類。《詩》云：『惟其有之，是以似之。』祁奚有焉。」（襄／三）
6.	君子謂：「楚共王於是不刑。《詩》曰：『周道挺挺，我心扃扃，講事不令，集人來定。』己則無信，而殺人以逞，不亦難乎？〈夏書〉曰：『成允成功。』」（襄／五）
7.	君子曰：「讓，禮之主也。范宣子讓，其下皆讓。……晉國以平，數世賴之。刑善也夫！一人刑善，百姓休和，可不務乎？《書》曰：『一人有慶，兆民賴之，其寧惟永。』其是之謂乎？周之興也，其《詩》曰：『儀刑文王，萬邦作孚。』言刑善也。及其衰也，其《詩》曰：『大夫不均，我從事獨賢。』言不讓也。世之治也，君子尚能而讓其下，小人農力以事其上，是以上下有禮，而讒慝黜遠，由不爭也，謂之懿德。及其亂也，君子稱其功以加小人，小人伐其技以馮君子，是以上下無禮，亂虐並生，由爭善也，謂之昏德。國家之敝，恆必由之。」（襄／十三）

8.	君子謂：「慶氏不義，不可肆也。故《書》曰：『惟命不於常。』」（襄／二十三）
9.	巴人伐楚……初，右司馬子國之卜也，觀瞻曰：「如志。」故命之。及巴師至，將卜帥。王曰：「寧如志，何卜焉？」使帥師而行。請承，王曰：「寢尹、工尹，勤先君者也。」三月，楚公孫寧、吳由于、蔿固敗巴師……故封子國於析。君子曰：「惠王知志。〈夏書〉曰『官占，唯能蔽志，昆命於元龜。』其是之謂乎！〈志〉曰：『聖人不煩卜筮。』惠王其有焉！」（哀／十八）

除了上述與《（尚）書》有關的材料外，《左傳》也記載了《鄭書》一類文獻，說明諸侯國家也可能有編《書》的活動。此類材料有以下兩則：

1.	子產曰：「……《鄭書》有之曰：『安定國家，必大焉先。』姑先安大，以待其所歸。」（襄／三十）
2.	叔游曰：「《鄭書》有之：『惡直醜正，實蕃有徒。』無道立矣，子懼不免。」（昭／二十八）

通過以上數種引《書》論《書》的材料，我們可以確定《（尚）書》在春秋時代的廣泛流傳。

五

綜合而言，從上文所論，自西周至春秋約六百年間，統治階層已廣泛徵用《（尚）書》一類文獻，作為日常行事之依據、士大夫必須修習之文本。而孔子講學，除需要整理相關之教材外，並須為弟子講解其內容。《左傳》和《論語》均收載了一些關於

孔子講解《（尚）書》的情況。[52]隨着儒家學說之流傳，諸子百家之間的辯論詰難，《（尚）書》的地位愈形重要。到了漢武帝獨專儒術，《尚書》便正式成為中國經學的核心著作。（附錄二：孔子引《書》論《書》資料，見文末）

---

[52] 參看上引孔子引《書》表。《論語》中的引《書》見於〈為政〉、〈述而〉、〈憲問〉等三章，而〈堯曰〉引堯、舜的事蹟，也極可能出自《書》。

下編‧分論七
原始儒家語文教材的形成
——以《詩》、《書》為例

　　夏商二代之文教，大概可以從先秦古籍中粗略地講述一遍。從《山海經》所載，夏啟在大樂之野上，曾肆習「九伐」之舞。上古以歌舞來歌頌天神，讚頌農業的收穫為主，到了夏啟，便成為帝王享樂的節目。此外，孟子重視夏代的學校教育，指出夏代以「校」為學習的場所。所謂「校」，原指用木或竹圍成一場地，用以養馬，後漸演變成為習武比試的場所，其中以「射」作為主要的項目。此外，一般文化的內容如數學和語文方面的教育，則未見於記載，然夏代天文學已發展至相當高的水平。孔子曾說「行夏之時」和「之杞……吾得夏時」。相傳夏代的歷法遺跡可能便是保留在〈大戴禮記〉的〈夏小正〉。故此，從常識判斷，以上兩種知識也應是夏代學校的其中一種教學內容，祇是書缺有間，其詳不可知而聞也。

　　從商代中晚期都城殷墟遺址出土的甲骨文資料，我們可以肯定商代已設立了學校，並且還設在皇宮之內。據卜辭所載，商王曾為其貴族子弟占問上學時會否遇雨？或在何處建立學宮為宜？商王甚至在「大學」中舉行重大的祭祀活動，充分說明商代學校的特殊地位。[1]

　　商代學校的教學內容仍以軍事與樂舞為主，包括射、御，而宮廷禮儀與音樂舞蹈之教亦屬不可或缺。同時，在習字方面，有

---

[1] 以上資料均見俞啓定、施克燦：《中國教育制度通史‧第一卷》，頁48-49。

一片珍貴材料記下了由學童摹習刻字的過程的真實紀錄，說明了知識傳授的經過。至於數學方面，除繼承夏代歷法外，高超的青銅冶煉技術也必定包含相當的數學計算的知識。而甲骨文中有關數字的記錄也令人確信商人已掌握一定的數學能力。

經過數十年在周原的發展，文王日漸建立一個強大的西部政權。隨著紂的驕傲自大，商王朝正走上一個外強中乾的局面。為鎮服東夷，商人的主力部隊長時間處於一種不停征戰的狀態，終使武王有機可乘，打著弔民伐罪的旗幟，於牧野決一死戰。然而紂的軍隊是多年對外征戰而收編，只在其高壓管治下暫時屈服，因此，到了二月甲子日交戰的一刻，紂兵倒戈，使形勢急轉直下，終使建立約五六百年的商王朝一下子便崩潰了。

武王克殷後二年而崩，留下年幼的成王主持大局，因得周公和召公的輔弼，除平定三監、武庚和東夷的大叛亂外，更肇造東部雒邑，並分封諸姬以屏藩周室。此外，周公也制禮作樂，加強文治教化與努力協調與殷遺民的矛盾，終於達致成康之治。周人並大力吸納商文化，從而創立了輝煌的西周文明。

在教育方面，《周禮》保留了較具系統的材料。據近人依據出土金文與《周禮》比較，指出《周禮》的內容確實源自西周中葉以後的制度，並不是純粹出於戰國學者的偽作。[2]

在「學在官府」的西周，其實是官師不分的時代。部分官員除了自己崗位的工作外，往往也須擔負教育的職能。早在商代，著名的伊尹和傅說都有相當多的言論與教育有關。[3]周公輔助成王治理天下，也同時擔負教導成王的責任，如《尚書·無逸》篇

---

[2] 張亞初、劉雨：《西周金文官制研究》，頁140-144。
[3] 孫培青、李國鈞：《中國教育思想史·第一卷》，頁13-18。

所記載。其次,《尚書》〈康誥〉‧〈酒誥〉等篇亦針對衛康叔政治經驗稚嫩而多次加以教誨。

西周政權經成王、康王數十年的經營,終於走上一個康莊坦途。除了周初時制禮作樂所遺留下一個光輝鼎盛的文化水平外,實際上是以分封制為國家的最重要根本。周天子的地位在等級森嚴的貴族階級的頂端,其下有為數眾多的同性和異性諸侯。為了維繫此種關係,周天子制定了不少典章,並加強了以宗法禮制的種種規則。在文化教育方面,周朝在殷商的基礎上有了重要的發展。周人在承繼吸收前代文化的有利條件下,制定了不少詩篇,其中包括〈周頌〉三十一篇、〈大雅〉、〈小雅〉各若干篇,與及〈二南〉和〈豳風〉等,全部合共約近百篇。同時,現存《今文尚書》二十八篇,約半數為西周前期的作品。這種文化的大量積累,終於造成孔子所稱「周監于二代,文質彬彬,吾從周」的偉大局面。

就整個西周教育系統而言,當時貴族階層的子弟所學習的重點仍以「禮、樂、射、御、書、數」等偏重於軍事和禮儀層面的技術訓練為主。學者張亞初、劉雨等指出《周禮》與西周中後期制度十分接近,可以作為理解西周中後期典制的參考。[4]他們現在已發現金文「師」和「大師」的一百條以上材料中,指出「師」的職能包括:(1)為軍事長官,率領軍隊,參加戰爭;(2)為周王的禁衛部隊長官;(3)為周王出入王命,巡視地方,在錫命禮中作儐右;(4)為王之司寇及司士;(5)為王管理王室事務;(6)為王管理旗幟;(7)為王任教育之事件。[5]其中,與本文有關是

---

[4] 張亞初、劉雨《西周金文官制研究》,頁101-111。
[5] 同前註,頁4-5。

第七項；但由於任教育事務的「師」，往往是臨時委派的工作，屬兼職的差事，主要職務仍以軍事為主，與《周禮・師氏》的記載「正相吻合」。[6]而大師（太師）是師的上司，金文曾有「大師前冠以伯仲之稱，似乎暗示我們，西周之大師可能設有二人。伯大師、仲大師即大師有正有副之別的明證。《周禮・春官・宗伯》屬下有大師，序官以為有『下大夫二人』，……可能是有一定的依據的。」[7]

章學誠在討論孔子創立私人講學前「私門無著述文字」，稱周代「官守學業，皆出于一，而天下以同文為治」，故如非貴族官員子弟，並無資格追隨官員學習有關典籍。[8]

俞啟定等據《周禮》列出西周時與教育行政有密切關係的官員包括：

1. 大師樂，乃國樂的主持者。《周禮・春官・大師樂》規定，大司樂為中大夫，設兩人，隸屬春官大宗伯管轄，屬官有上士八人，下士十六人，府四人，史八人，胥八人，徒八十人。其職責是：「掌成均之法，以治建國之學政而合國之子弟焉」，鄭玄注云：「大司樂，樂官之長。」

2. 師氏。《周禮・地官・師氏》載：「師氏，中大夫一人。」屬官有上士兩人，府兩人，史兩人，胥十二人，徒一百二十人。其職責為：「掌眾人媺詔王，以三德教國子。」鄭玄注云：「國子，公卿大臣之子弟，師氏教之，而世子亦齒焉。」說明師

---

[6] 同前註，頁7。

[7] 同前註，頁3。

[8] 章學誠：《文史通義》，《校讎通義》（臺北市：華世出版社，1980年），頁561。

氏教誨的對象主要是西周上層統治者子弟。

3. 保氏。《周禮・地官・保氏》載：碧加「保氏，下大夫一人。」
   屬官有中士兩人，府兩人，史兩人，胥六人，徒六十人。其
   職責是：「掌諫王惡，而養國子以道。」以六藝、六儀教國子。

4. 樂師。下大夫爵位。西周設樂師四人。孔穎達注《禮記・文
   王世子》中〈小樂正學干〉云：「諸侯謂之小樂正，天子謂之
   樂師，故樂師兼管國學之政，以教國子小舞。」

其中，大司樂是國樂的最高負責人，師氏則以「三德」教國
子，屬西周教育行政系統的領導人。至於實際的教學工作，則分
別由（1）「保氏」以六藝、六儀教國子；（2）「樂師」主管日常
校政，並負責「教（授）國子小舞」。至於《周禮》中所載地方
教育系統由大司徒主持，主要是以教化萬民、改良風俗為主。至
於相傳成書於西漢初年的《禮記・王制》載「司徒脩六禮以節民
性，明七教以興民德，齊八政以防淫，一道德以同修，養耆老以
致孝，恤孤獨以逮不足，尚賢以崇德，簡不肖以絀惡。」[9]所述
似非西周時代所能達致的理想，故本文於西周地方教育行政的內
容，暫從闕略。

到了春秋晚年，孔子以「有教無類」取代「國在官府」，學
術下移的情形應是大趨勢。從前只有貴族身份的統治階層成員才
可以入學的規定，因而打破。誠如章學誠所說：「六藝非孔氏之
書，乃周官之舊典也。《易》掌太卜，《書》藏外史，《禮》在宗
伯，《樂》隸司樂，《詩》頌於太師，《春秋》存乎國史。」[10]學術

---

[9] 王文錦：《禮記譯解》（北京市：中華書局，2007年），頁177-178。
[10] 章學誠：《校讎通義》，頁561。

資料原是由「有司」保存，然自「官司失守，而師弟子之傳業，於是判焉。」[11]夫子以私人辦學，早期所講授者當為傳統的科目。《史記・孔子世家》說夫子「以《詩》、《書》、《禮》、《樂》教」。然所教者已非與前代「官司」所盡同。晏子說：「自大賢之息，周室既衰，禮樂缺有閒。」司馬貞《史記索隱》說：「上古大賢生則有禮樂，至周室微而始缺有閒也。」[12]司馬遷又指出：「孔子之時，周室微而禮樂廢，詩書缺。」因此，春秋晚年的典藉已隨周室微弱而散逸。夫子以「天之未喪斯文」自誓，故以整理三代文獻為職志。司馬遷繼續說孔子「追迹三代之禮、序書傳、上紀唐虞之際，下至秦穆，編次其事。曰夏禮吾能言之，杞不足徵也；殷禮吾能言之，宋不足徵也，足則吾能徵之矣。……故《書》傳、禮記，自孔氏。」[13]至於詩樂方面，史遷又引《論語》說：「吾自衛反魯，然後樂正，雅頌各得其所，古者詩三千餘篇，及至孔子，去其重，取可施於禮義，上采契、后稷，中述殷周之盛，至幽厲之缺。……三百五篇，孔子皆弦歌之，以求合韶、武、雅、頌之音。禮樂自此可得而述，以備王道，成六藝。」[14]所以，司馬遷認為六藝能夠基本完整，孔子居功至偉，故其序〈孔子世家〉說：「周室既衰，諸侯恣行。仲尼悼禮廢樂崩，追修經術，以達王道。匡亂也反之正。見其文辭，為天下制禮法，垂六藝之統紀於後世。」[15]在評論孔子一生之之事業時，史遷又說：「天下君王，至于賢人，眾矣。當時則榮，沒則已焉。孔子布衣，傳十餘

---

[11] 同前註，頁561。

[12] 瀧川資言：《史記會注考證》（臺北市：中新書局，1982年），頁746。

[13] 同前註，頁759。

[14] 同前註，頁759。

[15] 同前註，頁1375-1376。

世，學者宗之。自天子王侯，中國言六藝者，折中於夫子，可為
至聖矣。」[16]元和孫德謙《太史公書義法‧衷聖》篇，極力襃揚
史遷之尊孔。其文曰：

> 孔子之聖，萬世師表。當戰國時，七雄並峙，百家競起，
> 亦極晦盲否塞矣。唯孟子、荀卿咸遵其業而潤色之。漢自
> 武帝以前，孝文好刑名言，竇太后又崇黃老之學而儒術不
> 甚貴顯。及董仲舒表章六經，孔子之道始統於一。至司馬
> 遷之作史也，立言之旨，一本孔子，而後凡為學者皆知奉
> 聖人為依歸，其有功於聖教，抑何偉哉。[17]

由此而論，史遷確為夫子之功臣，故無怪乎其「高山仰止」
的嚮往之情。司馬遷既熟悉夫子之精神，今再以夫子與《詩》、《書》
之關係以明儒家之語文教材的密切關係。

孔子討論《詩》、《書》的材料散見於《論語》、《孟子》、《左
傳》、《禮記》、《孔叢子》、《孔子家語》、《說苑》等載籍，其中《論
語》討論《詩》較集中，共二十一條；論《書》則較罕見，約三
數條，其餘材料或見疑於後世，或分散與眾書，是以討論者甚寡，
今《上海博物館藏戰國楚竹書（一）‧孔子詩論》[18]面世，遂使
此方面的研究日趨活躍，並促使我們對被疑為偽作如《孔叢子》、
《孔子家語》一類作品再次受到重視。[19]

---

16 同前註，頁765。
17 孫德謙《太史公書義法》（臺北市：中華書局，1983年），頁1。
18 馬承源主編：《傷害博物館藏戰國楚竹書》（上海市：上海古籍出版社，2001
  年），頁13-168。
19 全面比較《孔子詩論》與《孔叢子》的關係，可參看中國社會科院哲學研究

　　現存孔子講授《詩》、《書》的材料並不平均，論《詩》部分遠較論《書》為多，但就戰國、秦漢儒家所反映的印象而言，兩者均屬六藝之中最根本的語文教材。秦皇滅典，以「偶語《詩》、《書》者棄市」為法，此即漢惠帝四年所除之「挾書令」。《詩》、《書》於先秦視為儒家之最基本典藉，亦可於此種弊政苛法中反映出來。

　　孔門詩教見於《論語》共二十一則。[20]其中最重要的包括與子貢、子夏言《詩》各一則，反映夫子《詩》教的實際情形。至於學《詩》有助語言文字能力的能力，則有以下五則為基礎：

1. 子曰：《詩》、《書》、執禮，皆雅言也。（楊伯峻《論語譯注》，頁 71）

2. 子曰：「誦《詩》三百，授之以政，不達；使於四方，不能專對；[21]雖多，亦奚以為。（楊伯峻《論語譯注》，頁 135）

3. 陳亢問於伯魚曰：「子亦有異聞乎？」對曰：「未也。嘗獨立，鯉趨而過庭，曰：『學《詩》乎？』對曰：『未也。』『不學《詩》，無以言。他日又獨立，鯉趨而過庭，曰：『學禮乎？』對曰：『不學禮，無以立。』鯉退而學禮。聞斯二者。』……（楊伯峻《論語譯注》，頁 178）

所李存山教授<《孔叢子》中的「孔子詩論」>，載於《孔子研究》2003年第3期，頁8-15；而北京師範大學李山教授《詩經析論》（海口市：南海出版社，2003年）則用了不少《孔子家語》的內容來與《孔子詩論》一起作為註解《詩經》的材料。

[20] 詳載拙文：《詩三百的形成與流傳研究》（北京市：北京師範大學博士學位論文，2004年），頁193-196。

[21] 「子貢問曰：何如斯可謂之士矣？子曰：行己有恥，使于四方，不辱君命，可謂士矣。」（《論語》，卷十四）。

4.子曰：「小子何莫學乎詩？詩，可以興，可以觀，可以群，可以怨。邇之事父，遠之事君。多識于鳥獸草木之名。」（楊伯峻《論語譯注》，頁185）

5.子謂伯魚曰：「女為〈周南〉、〈召南〉矣乎？人而不為〈周南〉、〈召南〉，其猶正牆面而立興！」（楊伯峻《論語譯注》，頁185）

諸項內容的圍繞《詩》教的用途。《詩》因用韻，故便於記誦，是童蒙初學的最重要教材，由「多識鳥獸草木之名」開始，以達於「事父事君，使於四方」，折衝樽俎，故一直被視為儒門之基礎學科。[22]

《論語》載夫子討論《書》的材料，只有以下數則：

1.或謂孔子曰：子奚不為政？子曰：《書》云：「孝乎惟孝，友于兄弟施於有政。」是亦為政，奚其為為政？（楊伯峻《論語譯注》，頁22-23）

2.子曰：《詩》、《書》，執禮，皆雅言也。（楊伯峻《論語譯注》，頁71）

3.子張曰：《書》云：「高宗諒陰，三年不言。」何謂也？子曰：何必高宗，古之人皆然。君薨，百官總己以聽于冢宰三年。（楊伯峻《論語譯注》，頁165）

---

22 劉師培〈周末學術史序〉指出「孔子以《六經》設教也。以禮、樂、書、詩為普通科。」故《荀子》曰：『始于《詩》、《書》，終于《禮》、《樂》。』見勞舒編：《劉師培學術論著》（杭州市：浙江人民出版社，1998年），頁33。

又《堯曰》篇引三段文字，疑是孔子引《書》的佚文：

1. 堯曰：咨！爾舜，天之歷數在爾躬，允執其中。四海困窮，
天祿永終。舜亦以命禹。

2. 曰：予小子履，敢用玄牡，敢昭告于皇皇后帝：有罪不敢赦。
帝臣不蔽，簡在帝心。朕躬有罪，無以萬方；萬方有罪，罪
在朕躬。

3. 周有大賚，善人是富。雖有周親，不如仁人。百姓有過，在
予一人。

（以上三則資料均見楊伯峻《論語譯注》，頁 214-215）

吳龍輝在引述三段文字後，認為是「孔子在提到這些歷史往事後
說：『檢查審定度量衡，恢復已廢棄的官職，全國的政令就會通
行了。復興已被滅亡的國家，承繼已斷絕的世代，提拔被遺落的
人才，天下的百姓就會真心歸順了。』」[23]從內容來判斷，三段
分別引述三王四代的先聖格言，應均原於現已失傳的百篇《尚
書》，故此，此段文字或可親為孔子引述《尚書》的一些珍貴逸
文（按：逸文是指不收錄於今文二十八篇《尚書》的先秦本《尚
書》）。

由於《書》的引述和討論在《論語》中雖不多見，但在其他
先秦兩漢文獻中仍殘存若干資料，足供我們進一步了解孔子對
《書》的討論。其中，近人吳龍輝在其《孔子言行錄》中，輯注
了關於夫子言論的先秦兩漢典籍。經過筆者詳細點算，《孔子言

---

[23] 吳龍輝：《孔子言行錄》（廣州市：廣東教育出版社，1999年），頁 170-171。

行錄》中記錄夫子關於《書》的言論，除《論語》三數則外，也收錄了《左傳》兩則、《荀子》一則、《孝經》一則、《韓詩外傳》兩則、《禮記》十六則（包括〈經解〉一則、〈坊記〉二則、〈表記〉二則、〈緇衣〉十一則）、《尚書大傳》三則、《說苑》兩則，合共二十八則有關夫子引《書》、論《書》的直接材料。[24]在這

---

24 吳氏以《孔子叢》、《孔子家語》可能是偽書，故暫且不收錄外，見於先秦兩漢古籍共有七種傳世著作直接引述夫子論《書》的文字。其實，現存《孔叢子》卷二主要是關於夫子與門弟子之間關於《書》的討論，特別是與子夏論《書》二則，內容與行文風格與《孔子詩論》、《尚書大傳》極為相近，筆者認為應屬孔子說《書》的可靠記錄。第一則為：子夏讀《書》既畢而見於夫子。夫子謂曰：子何為於《書》？子夏對曰：《書》之論事也，昭昭然若日月之代明，離離然若星辰之錯行。上有堯舜之道，下有三王之義。凡商之所受《書》於夫子者，志之於心弗敢忘。雖退而窮居河濟之間、深山之中，作壞室，編蓬戶，常於此彈琴以歌先王之道，則可以發憤慷喟忘己貧賤。故有人亦樂之，人亦樂之。上見堯舜之德，下見三王之義。忽不知憂患與死也。夫子愀然變容曰：嘻！子殆可與言書矣。雖然，其亦表之而已，未睹其裏也。夫闚其門而不入其室。惡睹其宗廟之奧、百官之美乎。第二則為：子夏問書大義。子曰：吾於〈帝典〉，見堯舜之聖焉。於〈大禹〉、〈皋陶謨〉、〈益稷〉，見禹、稷、皋陶之忠勤功勳焉。於〈洛誥〉，見周公之德焉。故〈帝典〉可以觀美，〈大禹謨〉、〈禹貢〉可以觀事。〈皋陶謨〉、〈益稷〉可以觀政。〈洪範〉可以觀度……《秦誓》可以觀義。五〈誥〉可以觀仁。〈甫刑〉可以觀誡。通斯七者，則書之大義舉矣。孔子曰：「《書》之於事也，遠而不闊，近而不迫，志盡而不怨，辭順而不諂。吾於〈高宗肜日〉，見德有報之疾也。苟由其道緻（致）其仁，則遠方歸志而緻（致）其敬焉。吾於〈洪範〉，見君子之不忍言人之惡，而質人之美也。發乎中而見乎外以成文者，其唯〈洪範〉乎。」第一則的末句，語義似不完整，應有文字散佚。第二則與《尚書大傳》保留的文字完全吻合。對比上下文義，應是《尚書大傳》的原文。至於《孔叢子》卷二其他有關討論《書》的文字，筆者個人也認為有相當的可信性。李學勤、楊朝明等學者對《孔子家語》由王肅偽作的判斷已加以否定，而對於《孔叢子》則尚有保留。自從《孔子詩論》的重新發現，筆者認為對我們重新認識這本書，應有很大的貢獻。孫少華《〈孔叢子〉研究》（北京市：中國社會科學出版社，2011年）是這方面的最新研究，他的結論是「該書前十篇，大家大多承認屬於孔子、子思材料遺存，那就應該具

些珍貴的材料中，《尚書大傳》收錄了兩則關於夫子對《書》的分析，與新出土的《孔子詩論》無論在用詞及結構上均極為接近，包括：

1. 孔子曰：吾于〈高宗肜日〉，見德之有報之疾也。(《尚書大傳‧殷傳》，引自吳龍輝《孔子言行錄》，頁 520。)

2. 孔子曰：吾于〈洛誥〉也，見周公之德，光明于上下，勤施四方，旁作穆穆，至于海表，莫敢不來服，莫敢不來享，以勤文王之鮮光，以揚武王之大訓，而天下大治。故曰：聖之與聖也，猶規之相用，矩之相襲也。(引自吳龍輝《孔子言行錄》，頁 521。)

　　由此而言，夫子之深於《書》並以之為主要教授之材料，與《詩》同為孔門之基本語文教材，可說是清楚明白了。故此，《論語》也特別記錄了夫子日常講授《詩》、《書》時，均採用雅言（即官話），以別於當時已廣泛流行的方言。

有先秦時期的材料性質，可以作為先秦時期孔子、子思思想的研究資料。」（頁479）

下編・分論八
六經及相關文獻的編定

「六經」一詞始見於《莊子・天運》，其文曰：

> 孔子謂老聃曰：「丘治《詩》、《書》、《禮》、《樂》、《易》、
> 《春秋》六經，自以為久矣，孰知其故也……夫六經，先
> 王之陳迹也，豈其所以迹哉！今子之所言，猶迹也。」[1]

由於《莊子》這部書包括了很多寓言，故這段記載曾被視為孤證，受到學者的普遍懷疑。但是，《郭店楚墓竹簡》有兩項記錄，反映在公元前三、四世紀已確實把它們放在一起，並就其性質加以評論。[2]

根據司馬遷的說法，孔子「以《詩》、《書》、《禮》、《樂》教授弟子，晚年喜易」，「讀《易》、韋編三絕」，並將一生政治理念託於《春秋》，據魯《史記》，「筆則筆，削則削，子夏之徒不能贊一辭」。[3]孔子集合三代文化的大成，正值「王官失守，學術下移」的動盪時代，常懷「天喪斯文」之懼，努力不斷以承傳、宏揚傳統文化為己任。「六經」大概都是「先王的陳迹」，現再經由孔子修訂、整理和詮釋，並由孔門弟子發揚光大。《史記・太史公自序》說：「周室既衰，諸侯恣行。仲尼悼禮廢樂崩，追修經術，以達王道。匡亂世，反之於正。見其文辭，為天下制儀法，

---

[1] 〔晉〕郭象注、〔唐〕成玄英疏：《莊子注疏》，頁288。
[2] 見本書頁12。
[3] 瀧川資言：《史記會注考證》，頁725-748。

垂六藝（即六經）之統紀於後世，作孔子世家。」又說：「孔子
述文，弟子興業，成為宗師，崇仁厲義，作仲尼弟子列傳。」[4]由
此可見，無論是《莊子‧天運》篇、《郭店楚墓竹簡》或《史記‧
太史公自序》，均足以證明六經與孔子的密切關係。

對於六藝的內容與特質，《太史公自序》也有一段中肯的評論：

> 《易》著天地陰陽四時五行，故長於變；
> 《禮》經紀人倫，故長於行；
> 《書》紀先王之事，故長於政；
> 《詩》記山川谿谷禽獸草木牝牡雌雄，故長於風；
> 《樂》樂所以立，故長於和；
> 《春秋》辯是非，故長於治人。[5]

自從孔子在年輕的時候以禮樂射御書數教授弟子。到了晚年
自衛返魯，對「六經」作出最後的修訂整理。如《論語》說：「吾
自衛返魯，然後樂正，雅頌各得其所。」

一　易經

1. 《易》曰：宓戲氏仰觀象於天，俯觀法於地，觀鳥獸之文，
   與地之宜，近取諸身，遠取於物，於是始作八卦（即：乾☰、
   坤☷、震☳、艮☶、坎☵、離☲、巽☴、兌☱），以通神明之
   德，以類萬物之情。

2. 至殷、周之際，紂在上位，逆天暴物，文王以諸侯順命而行

---

[4] 同前註，頁1342。
[5] 同前註，頁1337。

道，天人之占，可得而效。於是重《易》六爻，作上下篇。孔氏為之〈彖〉、〈象〉、〈繫辭〉、〈文言〉、〈序卦〉之屬十篇。（案：此說文王重卦及孔子作《繫辭》等，尚有爭論。）及秦燔書，而《易》為卜筮之事，傳者不絕。

3. 漢興，田何傳之。訖於宣、元，有施、孟、梁丘、京氏，列於學官；而民間有費（直）、高（相）二家。劉向以中古文《易經》校施、孟、梁丘經，或脫去「無咎」、「悔亡」（等經文），唯費氏經與古文同。（以上見《漢書藝文志》）

　　至於《周易》一書的形成情況，因近年發現的《馬王堆帛書‧周易》及《上海博物館藏戰國楚竹書（三）》的《周易》，讓我們能夠閱讀戰國、秦漢間《易》的本來面貌，對研究此課題帶來了新的機遇。目前，李學勤、高明、廖名春、金春峰等學者正努力以新材料來突破以往的侷限，為《易》學研究推展至一個更高的水平。

　　漢代以後《易經》的流傳情形，《四庫提要‧易類敘》有簡要的說明：

1. 聖人覺世牖民，大抵因事以寓教。……《易》則寓於卜筮。故《易》之為書，推天道以明人事者也。《左傳》所記諸占，蓋猶太卜之遺法。

2. 漢儒言象數，去古未遠也。一變而為京（房）、焦（延壽）入於禨祥（案：二人學說皆雜以陰陽災異，皆非《易》之本旨）。再變而為陳（摶）、邵（雍），務窮造化（案：二人雜以河圖、洛書。世傳周敦頤《太極圖》傳自陳氏）；《易》遂不切於民用。

3. 王弼盡黜象數，說以老、莊。一變而胡瑗、程子，始闡明儒
   理；再變而李光、楊萬里，又參證史事，《易》遂日啟其論端。

至於戰國至秦漢之際，《易》的傳承見荀悅《漢紀》：

> 《易》始自魯、商瞿子木受於孔子，以授魯橋庇子庸，子
> 庸授江東駻臂子弓，子弓授燕人周醜子家，子家授東武孫
> 虞子乘，子乘授齊國田何子裝。及秦焚《詩》、《書》，以
> 《易》本為卜筮之書，獨不禁。漢興，田何以《易》授民，
> 故言《易》者本之田何。

　　《易》原是古代占卜的書籍，它由《古經》六十四卦及十
翼（又稱《易傳》、《易大傳》）兩部分組成。每卦有六個爻，「—」
為陽爻，叫作「九」。「- -」為陰爻，叫作「六」。每卦由底部
開始，曰「初」，最高的一爻曰「上」。以困卦為例，六爻的排
列為䷮，表示的方式為「初六、九二、六三、九四、九五、上
六」。每爻均記下一些經驗、事例或古歌謠的卦辭和爻辭，如：

卦辭：困、亨、貞大人吉，無咎；有言不信。

爻辭
　　初六：臀（按：疑此字為衍文）困於株木，入於幽谷，
　　　　　三歲不覿。
　　九二：困於酒食，朱紱方來。利用享祀，征凶無咎。
　　六三：困於石，據於蒺藜；入於其宮，不見其妻。凶。
　　九四：來徐徐，困於金車。吝有終。
　　九五：劓刖，困於赤紱，乃徐有說。利用祭祀。
　　上六：困於葛藟，於臲卼。曰動悔有悔；征吉。

　　至於「十翼」，其實是七種解說《易》的文獻。夏含夷《易經》導讀有較明確的解釋：

1. 〈彖〉：解釋卦辭，常常把闡發音訓釋詞，分析八卦取象，剖析爻位之說等結合起來。

2. 〈象〉：分為〈大象〉和〈小象〉，〈大象〉解釋卦辭，〈小象〉則補以爻辭。〈大象〉主要分析別卦中八經卦的卦系，隨後是與別卦卦辭有關的道德箴言。〈小象〉則以爻位說和爻德說作為主要的解釋手段。

3. 〈文言〉：系統全面地對乾、坤兩卦作了解釋。

4. 〈繫辭〉：通論《周易》經文，成書經過，作用和大義。

5. 〈說卦〉：分作兩部分，前半部分對八卦的形成賦以哲理性的解釋，後半部分度引眾多象例，如人、動物、身體部位，社會地位等，說明八卦取象特點。

6. 〈序卦〉：對通行本《周易》六十四卦排列順序試固作出道德上的解釋。

7. 〈雜卦〉：從三十二對「二二相偶」的對卦中抽取隻字片語句劃出每一對對卦中各卦的特徵。[6]

歷代重要的注釋（清代或以前的著作不附出版資料）：

1. 孔穎達《周易正義》（含王弼《周易注》）

---

[6] 魯惟一主編，李學勤等譯：《中國古代典籍導讀》（瀋陽市：遼寧教育出版社，1997年），頁232-233。

2. 李鼎祚《周易集解》（含漢魏古文《易》說）

3. 程頤《周易程氏傳》

4. 朱熹《周易本義》

5. 李光地《周易折中》

6. 惠棟《周易述》

7. 焦循《易章句》、《易通釋》、《易圖略》（合稱《易學三書》）

8. 胡渭《易圖明辨》

9. 周振甫《周易譯注》（中華書局，二〇〇一年）

10. 朱伯崑主編《周易通釋》（昆侖出版社，二〇〇四年）

二　書經（《尚書》）

1.《易》曰：河出圖，雒出書，聖人則之。故《書》之所起遠矣。至孔子篹焉。上斷於堯，下迄於秦，凡百篇，而為之序，言其作意。秦燔書禁學，濟南伏生獨壁藏之。漢興亡失，求得二十九篇，以教齊魯之間。（按：伏生之解說，曾由其弟子整理成《尚書大傳》，已佚，今存輯本，可參看。）訖孝宣之世，有歐陽，大、小、夏侯氏，立於學官。（案：以上即世傳今文《尚書》，是用漢代流行的隸書寫成。）

2.《古文尚書》者，出於孔壁中。武帝末（案：或作景帝末），魯恭王壞孔子宅，欲以廣其宮，而得古文《尚書》及《禮記》、《論語》、《孝經》，凡數十篇，皆古字也。孔安國者，孔子後也，悉得其書，以考二十九篇，得多十六篇。安國獻之，遭巫蠱書，末列於學官。劉向以中古文校歐陽，大小夏侯三家經文，〈酒誥〉脫簡一，〈召誥〉脫簡二。率簡二十五字者，脫亦二十五字，簡二十二字者，脫亦二十二字，文字異者七百餘，脫字數十。

3. 《書》者，古之號令，號令於眾，其言不立具，則聽受施行者弗曉。古文讀應爾雅，故解古今語而可知也。（以上見《漢書藝文志》）

4. 伏生所傳二十九篇：〈堯典〉一（合今〈舜典〉，而無篇首二十八字。）〈皋陶謨〉二（合今本〈益稷〉。）〈禹貢〉三，〈甘誓〉四，〈湯誓〉五，〈盤庚〉六，〈高宗肜日〉七，《西伯戡黎》八，〈微子〉九，〈牧誓〉十，〈洪範〉十一，〈金縢〉十二，〈大誥〉十三，〈康誥〉十四，〈酒誥〉十五，〈梓材〉十六，〈召誥〉十七，〈洛誥〉十八，〈多士〉十九，〈無逸〉二十，〈君奭〉二十一，〈多方〉二十二，〈立政〉二十三，〈顧命〉二十四（合今本〈康王之誥〉。）費誓二十五，《呂刑》二十六，〈文侯之命〉二十七，〈秦誓〉二十八。加後得〈泰誓〉則二十九。（案：據此，則伏生傳《書》只有為二十八篇）

5. 陸德明《經典釋文・敘錄》說：「江左中興，（晉）元帝時，豫章內史枚（梅）賾奏上孔傳古文《尚書》。」（案：這部書共五十九篇，包括三部分：一、把西漢所傳今文《尚書》，二十八篇分解為三十三篇（分〈堯典〉為〈堯典〉、〈舜典〉兩篇，〈皋陶謨〉為〈皋陶謨〉、〈益稷〉，分〈盤庚〉為上、中、下三篇，分〈顧命〉為〈顧命〉、〈康王之誥〉兩篇。又不收今文〈泰誓〉）二、根據傳世文獻資料，偽造了古文《尚書》二十五篇，篇目是〈大禹謨〉、〈五子之歌〉、〈胤征〉、〈仲虺之誥〉、〈湯誥〉、〈伊訓〉、〈太甲〉三篇，〈咸有一德〉、〈說命〉三篇，〈秦誓〉三篇，〈武成〉、〈旅獒〉、〈微子之命〉、〈蔡仲之命〉、〈周官〉、〈君陳〉、〈畢命〉、〈君牙〉、〈冏命〉。三、偽造孔安國《序》一篇。三者合共五十九篇。除了正文外，各篇附上《孔安國傳》，即以孔安國名義所做的各篇注文。（案：

學者一般稱之為《偽孔傳》。）

此晚出之古文《尚書》及孔傳，由於一方面包涵今文《尚書》的全部內容，並且也有水平不俗的注解。此外，由於南北朝政治較為動蕩，各種學說雖有一定的發展，但後世較成熟的辨偽方法尚未出現。到了唐初，朝廷編纂《五經正義》，《偽孔傳》遂成為《尚書正義》的基礎。宋代吳棫作《書稗傳》、明代梅鷟作《尚書考異》，都表達對此書的可靠性均表示懷疑。到了清初，閻若璩用了一百二十八個例證，剖析新出的東晉古文《尚書》均由魏晉學者撮拾當時殘存的《尚書》材料為基礎所編寫。（案：閻氏少部分論證已遺失或沒有寫成。）其後，丁晏《尚書餘論》直指為王肅所造。以上所論，已多為近代學者所接受。然而，由於《偽古文尚書》仍包含不少有價值的材料，故在清代以至現代，仍有不少學者表示此書仍應予以適當的重視。

傳說《尚書》原本共有一百篇，其中今文二十八篇的內容，已包括了虞、夏、商、周四代的材料，筆者估計可能是秦朝的一個選本，故以〈秦誓〉壓卷。其中，〈堯典〉記堯、舜禪讓之事。〈皋陶謨〉記禹、皋陶、伯益之事。〈禹貢〉記夏禹治水及九州物產土貢等事。〈甘誓〉記夏啓代有扈戰於甘的誓辭，〈湯誓〉為湯伐桀的誓辭。以上五篇舊稱〈虞夏書〉，一般相信是春秋時期（或曰是戰國）的史官依據古舊文獻所撰寫。〈盤庚〉反映遷都殷墟前後臣民的不同意見。〈高宗肜日〉舊作武丁祭成湯，近年學者根據甲骨文所反映商代祭禮，確定受祭者為武丁。〈西伯戡黎〉記文王滅黎，祖伊奔告於紂之事。〈微子〉記師少師勸微子去紂之語。以上舊稱《商書》，一般認為較〈虞夏書〉可靠。〈牧

誓〉記武王伐紂之誓辭。〈洪範〉記武王向箕子請教治國大法之
記錄。此篇乃商周之際之宗教哲學書。〈金縢〉記周公以武王有
疾，請以身代之禱文。〈大誥〉乃周公攝政東征之誥辭。〈康誥〉
為封康叔的誥辭。〈酒誥〉以禁酒之教告康叔，要以商末酗酒之
風氣為鑑戒。〈梓材〉指導康叔治國為政之道。〈召誥〉記周、召
二公經營洛邑之事。〈洛誥〉為周公以洛邑告成向成王報告之語。
〈多士〉為遷殷遺民於洛之誥辭，鼓勵其接受周族的安排。〈無
逸〉乃周公還政成王，告戒其勤政之辭。〈君奭〉乃周公向召公
解釋攝政的原因在成王年幼，而武王之事業仍未鞏固。〈多方〉
為成王伐奄後，歸誥眾方國之辭。〈立政〉記周公致政成王後告
成王之辭。〈顧命〉記康王繼位時之禮儀器物。〈費誓〉記伯禽伐
淮夷之誓辭。〈呂刑〉記穆王改定刑法之事。〈文侯之命〉乃平王
命晉文侯之辭。〈秦誓〉記穆公自悔不聽蹇叔之諫而致敗之辭。[7]

歷代重要的注釋：

1. 孔穎達《尚書正義》
2. 蔡沈《書集傳》
3. 孫星衍《尚書今古文注疏》
4. 皮錫瑞《今文尚書考證》
5. 屈萬里《尚書集釋》，聯經出版社，一九八三年。
6. 江灝、錢宗武《今古文尚書全譯》，貴州人民出版社，
   一九九〇年。
7. 顧頡剛，劉起釪《尚書校釋譯論》，中華書局，二〇〇五年。
8. 周秉鈞注譯《尚書》，岳麓書社，二〇〇一年

---

[7] 參考呂思勉：《經子解題》（香港：三聯書局，2001年），頁26-29。

三　詩經

1. 《書》曰：「詩言志，歌詠言。」故哀樂之心感，而歌詠之聲發。誦其言謂之詩，詠其聲謂之歌。故古有采詩之官，王者所以觀風俗，知得失，自考正也。（案：先秦采詩之說歷代多有懷疑為出於漢儒之想像，近年出土的《孔子詩論》（收於馬承源主編《上海博物館藏戰國楚竹書（一）》有證據證明此說有一定的根據，非憑空想像的。）

2. 孔子純取周《詩》，上採殷，下取魯，凡三百王篇。遭秦而全者，以其諷誦，不獨在竹帛故也。

3. 漢興，魯申公為《詩訓故》，而齊轅固、燕韓生，皆為之傳。或取《春秋》，采雜說，咸非其本義。與不得已，魯最為近之。（顏師古注：「與不得已者，言皆不得也。三家皆不得其真，而魯最為近之。」）三家皆列於學官。又有毛公之學，自謂子夏所傳。而河間獻王好之，未得立。（以上均錄自《漢書藝文志》）

4. 前漢；魯、齊、韓三家《詩》列於學官。平帝世，《毛詩》始立。《齊詩》久亡；《魯詩》不過江東（按：前者亡於魏代，後者亡於西晉）；《韓詩》雖在，人無傳者。唯《毛詩》鄭〈箋〉獨立國學，今（按：隋、唐以後）所遵用。

5. 《詩三百》為先秦詩歌最重要選集，保存超過三百首作品，一方面是《雅》、《頌》等典雅隆重的樂章；另一方面是以地方民歌為主，經樂詩加工修訂的篇章。

6. 《論語》記載了一些關於孔子與《詩》的關係的材料。

（1）孔子曰：「吾自衛返魯，然後樂正，〈雅〉、〈頌〉各得
　　　其所。（《論語‧子罕》）

（2）子曰：「誦《詩》三百，授之以政，不達；使於四方，
　　　不能專對；雖多，亦奚以為？」（《論語‧子路》）

（3）子曰：「小子何莫學夫詩？詩；可以興，可以觀，可以
　　　群，可以怨。邇之事父，遠之事君。多識草木鳥獸草
　　　木之名。」」（《論語‧陽貨》）

　　歷來對孔子「刪詩說」多持懷疑態度，其實不難根據以上三
例獲得較可靠的證據。第一例可以確定孔子與《詩》的密切關係。
第二例是指出熟練《詩》三百能「使於四方」。「雖多，亦奚以為？」
指雖然仍有不少《詩》可增加，但是，孔子相信《三百篇》其實
已足夠應用了。第三例是孔門詩學的重要原則，即《詩》可以興、
觀、群、怨，事父，事君，甚至可以作為識字課本。此外，在最
近出土的《孔子詩論》等材料，亦提供一些未經後人改動的證
據。[8]由此可見，孔子與《詩》有極為密切、不再可以分割的關
係。到了戰國初年，墨家學者認為儒家一是「守喪」，一是「誦
《詩》三百、弦《詩》三百、歌《詩》三百、舞《詩》三百」，
二者皆花費太多時間，足以使人荒廢業務。(《墨子‧公孟》)無
論如何，《詩》確實成為孔子教授門弟子的主要教材，並曾對其
內容加以修訂、講解、發揮，更成為墨子學派攻擊儒家的主要依
據。

---

[8] 參看本書分論四、五。

歷代重要的注釋：

1. 毛亨《詩》、鄭玄《箋》
2. 孔穎達《毛詩正義》
3. 朱熹《詩集傳》
4. 馬瑞辰《毛詩傳箋通釋》
5. 王先謙《詩三家義集疏》
6. 陳子展《詩經直解》，書林出版社，一九九二年。
7. 程俊英《詩經釋注》，上海古籍出版社，二○○○年。
8. 劉信芳《孔子詩論述學》，安徽大學出版社，二○○三年。

四　《儀禮》、《禮記》、《周禮》

1. 《易》曰：「有夫婦、父子、君臣、上下、禮義有所措施行。」而帝王質文，世有損益。至周，曲為之防，事為之制。故曰：「禮經三百，威儀三千。」及周之衰，諸侯將踰法度，惡其害己，皆滅去其籍。自孔子時而不具，至秦大壞。

2. 漢興，魯高堂生傳士禮（即《儀禮》）十七篇。訖孝宣世，后倉最明。戴德、戴聖、慶普，皆其子弟。

3. 《儀禮》十七篇，其篇目為〈士冠禮〉、〈士昏禮〉、〈士相見禮〉、〈士喪禮〉、〈既夕禮〉、〈士虞禮〉、〈特牲饋食禮〉、〈少牢饋食禮〉、〈有司徹〉、〈鄉飲酒禮〉、〈鄉射禮〉、〈燕禮〉、〈大射禮〉、〈聘禮〉、〈公食大夫禮〉、〈覲禮〉、〈喪服經禮〉。一至三為冠婚禮、四至九為喪祭禮、十至十三為射鄉禮、十四至十六為朝聘禮、十七為喪服制度。由於此為先秦古禮制，可了解當時親族關係、宗教信仰、政治制度、外交情形等。

4. 《禮記》即《小戴禮記》，共四十九篇，內容較為龐雜。呂思勉〈經子解說〉說：「《禮記》為七十子後學之書，又多存禮家舊藉如〈曲禮〉、〈內則〉、〈雜記〉、〈冠義〉、〈昏義〉、〈鄉飲酒義〉、〈射義〉、〈燕義〉、〈聘義〉等；又多與喪制有關者，如〈檀弓〉、〈郊特性〉、〈喪服小記〉、〈喪大記〉、〈祭法〉等。最重要的，是一些通論性的著作，如〈王制〉、〈禮運〉、〈學記〉、〈樂記〉、〈中庸〉、〈大學〉等，其中不但發揮大同思想和中庸思想等重要精神，更保存了大量古代學制和音樂制度。」

5. 《周禮》又名《周官》，是以西周至春秋年間的大量官制材料為基礎的一套理想化的政典，編寫完成於戰國時代，原有〈天官〉、〈地官〉、〈春官〉、〈夏官〉、〈秋官〉、〈冬官〉六篇。此書曾於秦、漢間失傳，漢興，河間獻王雅好古藉，廣搜遺書，得故《周官》、《尚書》、《禮》、《禮記》、《孟子》、《老子》之屬（見〈漢書・景十三王傳〉）獻王所得《周官》僅五篇，缺〈冬官〉一篇，遂以《考工記》補之。武帝、宣帝時，今文經獨盛，故《周官》不得立，至王莽時，始立於學官。其後，鄭眾、馬融為之作傳，而鄭玄遍注三禮，《周禮》遂與《小戴禮記》、《儀禮》同傳於天下。

6. 陸德明《經典釋文・序錄》說：「安上治民，莫善於禮。鄭子太叔云：夫禮，天之經，地之義，民之行也。《左傳》云：禮所以經國家，定社稷，序人民，利後嗣者也。」漢興，有魯高堂生傳《士禮》十七篇，即今之《儀禮》也。而魯徐生善為容（按：禮容），孝文時為禮官大夫。景帝時，河間獻王好古，得古《禮》獻之。（按：包括三禮）。

7. 呂思勉《經子解題》說：「禮之為物，最為繁瑣。欲求易明，

厥有二法：（一）宜先通其例。通其例，則有一條例為憑，可以互相鈎考，不至茫無把握矣。看凌廷堪《禮經釋例》最好。（二）宜明其器物之制。江永《儀禮釋官泣》、任大椿《深衣釋例》二書最重要。若喜考究政治制度者，則《周禮》重於《儀禮》。」

歷代重要的注釋：

1. 鄭玄注《儀禮》、《周禮》、《禮記》
2. 孔穎達《禮記正義》
3. 胡培翬《儀禮正義》
4. 孫希旦《禮記集解》
5. 孫詒讓《周禮正義》
6. 王夢鷗《禮記今注今譯》，臺灣商務印書館，一九八〇年。
7. 林尹《周禮今注今譯》，書目文獻出版社，一九八五年。
8. 楊天宇《儀禮譯注》，上海古籍出版社，一九九四年。

五　春秋三傳

1. 古之王者，世有史官，君舉必書，所以慎言行，昭法戒也。左史記言，右史記事，事為《春秋》，言為《尚書》，帝王靡不同。

2. 周室既微，載籍殘缺，仲尼思存前聖之業……以魯周公之國，禮文備物，史官有法，故與左丘明觀其史記，據行事，仍人道，因興以立功，就敗以成罰，假日月以定曆數，藉朝聘以正禮樂，不可書見，口授弟子。弟子退而異言。丘明恐弟子各安其意，以失其真，故論本事而作傳，明夫子不以空言說

經也。

3. 《左氏春秋》所貶損大人當世君臣，有威權勢力，其事實皆形於傳，是以隱其書而不宣，所以免時難也。及末世口說流行，故有《公羊》、《穀梁》、〈鄒（氏）〉、〈夾（氏）〉之傳。四家之中，《公羊》、《穀梁》立於學官，鄒氏無師，夾氏未有書。（以上《漢書藝文志》）

4. 陸德明《經典釋文・序錄》說：「漢興，齊人胡毋生、趙人董仲舒並治《公羊春秋》。……瑕丘江公受《穀梁春秋》及《詩》於魯申公，武帝時為博士，使與董仲舒論。江公吶於口，而丞相公孫弘本為《公羊》學，比輯其義，卒用董生。」

5. 杜預《春秋經傳集解・序》說：（左氏）或先經以起事，或後經以終義，或依經以辨理，或錯經以合異。

6. 《漢書・劉歆傳》說：「初〈左氏〉多傳古字古言，學者傳訓詁而已。及歆治〈左氏〉，引〈傳〉文以解〈經〉，轉相發明。」

7. 陸德明《經典釋文・序錄》又說：「左丘明作《傳》以授曾申。申傳衛人吳起。起傳其子期。期傳楚人鐸椒，椒傳趙人虞卿。卿傳同郡荀卿名況。況傳武威張倉。倉傳洛陽賈誼，誼傳至其孫嘉……」（按：此記先秦漢初的傳授情形。若據荀況、張倉、賈誼得人的資料看，《左傳》一直流傳不絕。東漢時，賈逵列《公羊》、《穀梁》不如《左氏》四十事，奏之，名曰《左氏長義》，章帝善之。逵又作《左氏訓詁》……馬融作《三家同異》之說。……何休作〈左氏膏肓〉、〈公羊墨守〉、〈穀梁廢疾〉。鄭康成（玄）箴〈膏肓〉，發〈墨守〉、起〈廢疾〉，自是〈左氏〉大興。）

8. 三傳之性質，《公羊》、《穀梁》是解《春秋經》的，並著重發揮其微言大義。《左氏》是以史釋經，即以詳細補充歷史事實來讓讀者有所依憑，再從而了解夫子的大義。所以漢儒認為「左氏不傳《春秋》」，也有一定的道理。而我們在今日而欲了解春秋時代的事蹟，除《左氏》便沒有其他更佳的參考。

歷代重要的注釋：

1. 何休《春秋公羊經傳解詁》
2. 杜預《春秋經傳集解》
3. 范寧《春秋穀梁傳》
4. 孔穎達《左傳正義》
5. 洪亮吉《春秋左傳詁》
6. 楊伯峻《春秋左傳注》，中華書局，一九九三年。
附：1. 徐元誥《國語集解》，中華書局，二〇〇二年。
　　2. 董立章《國語譯注辨析》，暨南大學出版社，一九九三年。
　　3. 許子濱《〈春秋〉〈左傳〉禮制研究〉，上海古籍出版社，二〇一一年。

六　小學

1. 《易》曰：「上古結繩以治，後世聖人易之以書契，百官以治，萬民以察，蓋取諸〈夬〉。」「〈夬〉，揚於王庭」，言其宣揚於王者朝廷，其用最大也。古者八歲入小學，故〈周官〉保氏掌養國子，教之六書，謂象形、象事、象意、象聲、轉注、假借，造字之本也。漢興，蕭何草律，亦著其法，曰：「太史試學童，能諷書九千字以上，乃得為史。又以六體試之，課最者以為尚書、御史、史書令史。吏民上書，字或不正，輒舉劾。」六體

者，古文、奇字、篆書、隸書、繆篆、蟲書，皆所以通知古今文字，摹印章，書幡信也。古制，書必同文，不知則闕，問諸故老，至於衰世，是非無正，人用其私。故孔子曰：「吾猶及史之闕文也，今亡矣夫！」蓋傷其浸不正。〈史籀〉篇者，周時史官教學童書也，與孔氏壁中古文異體。〈蒼頡〉七章者，秦丞相李斯所作也；〈爰曆〉六章者，車府令趙高所作也；《博學》七章者，太史令胡母敬所作也；文字多取〈史籀〉篇，而篆體復頗異，所謂秦篆者也。是時始造隸書矣，起於官獄多事，苟趨省易，施之於徒隸也。漢興，閭里書師合〈蒼頡〉、〈爰曆〉、〈博學〉三篇，斷六十字以為一章，凡五十五章，並為〈蒼頡〉篇。武帝時司馬相如作〈凡將〉篇，無復字。元帝時黃門令史游作〈急就篇〉，成帝時將作大匠李長作〈元尚篇〉，皆〈蒼頡〉中正字也。〈凡將〉則頗有出矣。至元始中，徵天下通小學者以百數，各令記字於庭中。揚雄取其有用者以作〈訓纂〉篇，順續〈蒼頡〉，又易〈蒼頡〉中重複之字，凡八十九章。臣復續揚雄作十三章，凡一百二章，無復字，六藝群書所載略備矣。〈蒼頡〉多古字，俗師失其讀，宣帝時徵齊人能正讀者，張敝從受之，傳至外孫之子杜林，為作訓故，並列焉。(《漢書・藝文志》)

2. 倉頡之初作書也，蓋依類象形，故謂之文。其後形聲相益，即謂之字。文者，物象之本；字者，言孳乳而寖多也。著於竹帛謂之書。書者，如也。以迄五帝三王之世，改易殊體，封於泰山者七十有二代，靡有同焉。

3. 周禮：八歲入小學，保氏教國子，先以六書。……及宣王〈太史籀〉，著〈大篆〉十五篇，與古文或異。至孔子書六經，左丘明述《春秋》傳，皆以古文，厥意可得而說也。其後諸侯

力政，不統於王。惡禮樂之害己，而皆去其典籍。分為七國，田疇異畝，車涂異軌，律令異法，衣冠異制，言語異聲，文字異形。秦始皇帝初兼天下，丞相李斯乃奏同之，罷其不與秦文合者。斯作〈倉頡〉篇。中車府令趙高作〈爰曆〉篇。大史令胡母敬作〈博學〉篇。皆取〈史籀〉〈大篆〉，或頗省改，所謂〈小篆〉也。

4.是時，秦滅書籍，滌除舊典。大發吏卒，興戍役。官獄職務繁，初有隸書，以趣約易，而古文由此而絕矣。……漢興有草書。尉律：學僮十七以上始試。諷籀書九千字，乃得為史。又以八體試之。郡移太史並課。最者以為尚書史。書或不正，輒舉劾之。今雖有尉律，不課，小學不修，莫達其說久矣。

5.壁中書者，魯共王壞孔子宅，而得《禮記》、《尚書》、《春秋》、《論語》、《孝經》。又北平侯張蒼獻春秋左氏傳。郡國亦往往於山川得鼎彝，其銘即前代之古文，皆自相似。雖叵復見遠流，其詳可得略說也。而世人大共非訾，以為好奇者也，故詭更正文，鄉壁虛造不可知之書，變亂常行，以耀於世。……若此者甚眾，皆不合孔氏古文，謬於〈史籀〉。鄙夫俗儒，翫其所習，蔽所希聞。不見通學，未嘗睹字例之條。……其迷誤不諭，豈不悖哉！

6.蓋文字者，經藝之本，王政之始。前人所以垂後，後人所以識古。故曰：「本立而道生。」知天下之至賾而不可亂也。今敘篆文，合以古籀。博采通人，至於小大。信而有證，稽譔其說。將以理群類，解謬誤，曉學者，達神恉。分別部居，不相雜廁也。萬物咸睹，靡不兼載。厥誼不昭，爰明以喻。其稱易孟氏、書孔氏、詩毛氏、禮周官、春秋左氏、論語、孝經，皆古文也。

其於所不知，蓋闕如也。（以上見許慎《說文解字敘》）

7. 昔開皇初，有儀同劉臻等八人，同詣法言門宿。夜永酒闌，論及音韻。以今聲調，既自有別。諸家取捨，亦復不同。吳楚則時傷輕淺，燕趙則多傷重濁。秦隴則去聲為入，梁益則平聲似去。又支（章移切）、脂（旨夷切）、魚（語居切）、虞（遇俱切），共為一韻；先（蘇前切）、仙（相然切）、尤（于求切）、侯（胡溝切），俱論是切。欲廣文路，自可清濁皆通；若賞知音，即須輕重有異。呂靜《韻集》，夏侯該《韻略》，陽休之《韻略》，周思言《音韻》，李季節《音譜》，杜臺卿《韻略》等，各有乖互。江東取韻，與河北復殊。因論南北是非，古今通塞。欲更捃選精切，除削疏緩，蕭（該）、顏（之推）多所決定。魏著作（淵）謂法言曰：「向來論難，疑處悉盡，何不隨口記之。我輩數人，定則定矣。」法言即燭下握筆，略記綱要，博問英辯，殆得精華。於是更涉餘學，兼從薄宦，十數年間，不遑修集。今返初服，私訓諸弟子，凡有文藻，即須明聲調。屏居山野，交游阻絕，疑惑之所，質問無從。亡者則生死路殊，空懷可作之歎；存者則貴賤禮隔，以報絕交之旨。遂取諸家音韻，古今字書，以前所記者定之，為《切韻》五卷。部析毫釐，分別黍累，可煩泣玉，未得縣金。藏之名山，昔怪馬遷之言大；持以蓋醬，今歎揚雄之口吃。非是小子專輒，乃述群賢遺意；寧敢施行人世，直欲不出戶庭。于時歲次辛酉，大隋仁壽元年。（陸法言《切韻序》）

8. 夫九州之人，言語不同，生民已來，固常然矣。自春秋標齊言之傳，〈離騷〉目《楚辭》之經，此蓋其較明之初也。後有揚雄著《方言》，其言大備。然皆考名物之同異，不顯聲讀之是非也。逮鄭玄注六經，高誘解《呂覽》、《淮南》，許慎造《說

文》，劉熙制《釋名》，始有譬況假借以證音字耳。而古語與今殊別，其間輕重清濁，猶未可曉；加以內言外言、急言徐言、讀若之類，益使人疑。孫叔言創《爾雅音義》，是漢末人獨知反語。至於魏世，此事大行。高貴鄉公不解反語，以為怪異。自茲厥後，音韻鋒出，各有土風，遞相非笑，指馬之諭，未知孰是。共以帝王都邑，參校方俗，考核古今，為之折衷。摧而量之，獨金陵與洛下耳。……而南染吳、越，北雜夷虜，皆有深弊，不可具論。(《顏氏家訓・音辭》)

歷代重要的注釋暨參考書：

1. 許慎撰，段玉裁注《說文解字注》
2. 陸法言撰，王仁昫修訂《刊謬正誤切韻》
3. 陳彭年編，周祖謨校《廣韻校本》
4. 郭璞《爾雅注》
5. 揚雄《方言》
6. 史游《急就篇》
7. 劉熙《釋名》
8. 王念孫《廣雅疏證》
9. 王力《中國語言學史》，復旦大學出版社，二○○六年。
10. 周秉鈞《古代漢語綱要》，湖南教育出版社，一九九八年。
11. 劉又辛《通假概說》，巴蜀書社，一九八八年。
12. 徐超《中國傳統語言文字學》，山東大學出版社，一九九六年。

七　儒家

1.儒家者流，蓋出於司徒之官，助人君順陽陽明教化者也。游文於六經之中，留意於仁義之際，祖述堯、舜，憲章文、武，

宗師仲尼，以重其言，於道最為高。孔子曰：「如有所譽，其有所試。」唐、虞之隆，殷、周之盛，仲尼之業，已試之效者也。然惑者既失精微，而辟者又隨時抑揚，違離道本，苟以譁眾取寵。後進循之，是以《五經》乖析，儒學浸衰，此辟儒之患。(《漢書藝文志・諸子略》)

2. 孔子生魯昌平鄉陬邑。其先宋人也。……魯襄公二十二年而孔子生。……字仲尼，姓孔氏。……孔子之時，周室微而禮樂廢，詩書缺。追多三代之禮，序書傳，上紀唐虞之際，下至秦繆，編次其事。……曰：「後雖百世可知也，以一文一質。周監二代，鬱鬱乎文哉。吾從周。」故書傳、禮記自孔氏。

孔子晚而喜易，序彖、繫、象、說卦、文言。讀易，韋編三絕。曰：「假我數年，若是，我於易則彬彬矣。」……孔子在位聽訟，文辭有可與人共者，弗獨有也。至於為春秋，筆則筆，削則削，子夏之徒不能贊一辭。弟子受春秋，孔子曰：「後世知丘者以春秋，而罪丘者亦以春秋。」……顏淵喟然歎曰：「仰之彌高，鑽之彌堅。瞻之在前，忽焉在後。夫子循循然善誘人，博我以文，約我以禮，欲罷不能。既竭我才，如有所立，卓爾。雖欲從之，蔑由也已。」……孔子葬魯城北泗上，弟子皆服三年。三年心喪畢，相訣而去，則哭，各復盡哀；或復留。唯子贛廬於冢上，凡六年，然後去。弟子及魯人往從冢而家者百有餘室，因命曰孔里。魯世世相傳，以歲時奉祠孔子冢，而諸儒亦講禮、鄉飲、大射於孔子冢。孔子冢大一頃。故所居堂弟子內，後世因廟藏孔子衣冠琴車書，至於漢二百餘年不絕。高皇帝過魯，以太牢祠焉。諸侯卿相至，常先謁然後從政。

太史公曰：詩有之：「高山仰止，景行行止。」雖不能至，然心鄉往之。余讀孔氏書，想見其為人。適魯，觀仲尼廟堂車服禮器，諸生以時習禮其家，余祇迴留之，不能去云。天下君王，至於賢人，眾矣，當時則榮，沒則已焉。孔子布衣，傳十餘世，學者宗之。自天子王侯，中國言六藝者折中於夫子，可謂至聖矣！（《史記・孔子世家》）

3. 自孔子卒後，七十子之徒散游諸侯，大者為師傅卿相，小者友教士大夫，或隱而不見。故子路居衛，子張居陳，澹臺子羽居楚，子夏居西河，子貢終於齊。如田子方、段干木、吳起、禽滑釐之屬，皆受業於子夏之倫，為王者師。是時獨魏文侯好學。後陵遲以至于始皇，天下並爭於戰國，儒術既絀焉，然齊魯之間，學者獨不廢也。於威、宣之際，孟子、荀卿之列，咸遵夫子之業而潤色之，以學顯於當世。（《史記・儒林傳》）

4. 孟軻，鄒人也。受業子思之門人。道既通，游事齊宣王，宣王不能用。適梁，梁惠王不果所言，則見以為迂遠而闊於事情。當是之時，秦用商君，富國強兵；楚、魏用吳起，戰勝弱敵；齊威王、宣王用孫子、田忌之徒，而諸侯東面朝齊。天下方務於合從連衡，以攻伐為賢，而孟軻乃述唐、虞、三代之德，是以所如者不合。退而與萬章之徒序詩書，述仲尼之意，作孟子七篇。（《史記・孟荀列傳》）

5. （戰國晚年，）田駢之屬皆已死齊襄王時，而荀卿最為老師。齊尚修列大夫之缺，而荀卿三為祭酒焉。齊人或讒荀卿，荀卿乃適楚，而春申君以為蘭陵令。春申君死而荀卿廢，因家蘭陵。李斯嘗為弟子，已而相秦。荀卿嫉濁世之政，亡國亂

君相屬，不遂大道而營於巫祝，信機祥，鄙儒小拘，如莊周
等又猾稽亂俗，於是推儒、墨、道德之行事興壞，序列著數
萬言而卒。因葬蘭陵。(《史記・孟荀列傳》)

6. 儒者博而寡要，勞而少功，是以其事難盡從；然其序君臣父子
之禮，列夫婦長幼之別，不可易也。……夫儒者以六藝為法。
六藝經傳以千萬數，累世不能通其學，當年不能究其禮，故曰
「博而寡要，勞而少功」。若夫列君臣父子之禮，序夫婦長幼
之別，雖百家弗能易也。(司馬談《論六家要旨》)

先秦兩漢儒家重要著作包括：

1. 何晏《論語集解》(《古逸叢書》本)
2. 趙岐《孟子章句》
3. 朱熹《四書集注》(按：一至三雖入經部，然實為儒家要籍，
   故收錄於此)
4. 楊倞《荀子注》
5. 陳士珂《孔子家語疏證》(按：一般視《孔子家語》為王肅
   偽撰，其實此書出現時間較早，並已在西漢流傳，有出土文
   獻為證。)
6. 《孔叢子》(《漢魏叢書》本；參看孫少華《〈孔叢子〉研究》
   附錄四：《〈孔叢子疏證〉》，中國社會科學出版社，二〇一一
   年，頁 544-640。)
7. 陸賈《新語》
8. 賈誼《新書》
9. 揚雄《太玄》、《法言》
10. 桓寬《鹽鐵論》
11. 王充《論衡》

12. 王符《潛夫論》
13. 桓譚《新論》
14. 徐幹《中論》

八　總結

六經之中，《樂經》因秦火而失傳，故漢代只餘「五經」。隨著對「五經」的注疏不斷增加，到了宋代，便出現了「十三經」的名稱，而對此批經書的最重要的注解——《十三經注疏》，亦隨之而產生。《十三經注疏》集唐宋及以前經學的大成，故極受歷代統治者和學者的重視。到了清代，考據學大盛，對此再加上大量的研究，遂彙編成《通志堂經解》（納蘭成德刊刻，徐乾學、何焯主編，共收經解一百四十六種，一千八百六十卷）、《皇清經解》（阮元編，共一百八十種）及《續皇清經解》（王先謙編，共兩百零九種）這些篇幅宏大的經學著作，其實也可視為研究中國古代哲學；歷史、政治、經濟、文化等領域的重要文獻。對經學素有研究的范文瀾教授指出：「幾部經典，流傳到現在，已經二千多年了，經學本身起了多次變化並產生了各種派別。每一變化和派別，都或大或小地影響到文化的各方面。所以不了解經學和儒家派別，很難了解中國文化的重要部分。[9]

---

[9] 范文瀾：《中國通史簡編》（石家庄市：河北教育出版社，2002年），頁99。

下編・分論九
出土文獻與先秦儒家教材

一 引言

中國的歷史綿延超過七、八千年，幅員也異常廣闊，先民所遺下的文獻資料在一般意義上是十分豐富的。現在保存下來的材料，已絕不是「汗牛充棟」足以形容的。我們只需看看二百多年前的《四庫全書》和近年才編成的《續修四庫全書》。兩套書籍縮印出版，合共三千三百鉅冊。然而，我們雖已有足以令人「望洋興嘆」的傳世文獻，學者仍常常抱怨資料的缺乏。孔夫子也曾說過「文獻不足徵」一類的感慨的話。太史公司馬遷《六國年表》說：

> 秦既得意，燒天下《詩》、《書》，諸侯史記尤甚，為其有所刺譏也。《詩》、《書》所以復見者，多藏人家，而史記獨藏周室，以故滅。惜哉，惜哉！獨有《秦記》，又不載日月，其文略不具。

到了近代，不少學家抱著懷疑的精神，一筆抹煞東周以前的材料僅可視為傳說，未可遽認為信史。其中，以顧頡剛先生的《古史辨》最具震撼性。他提出「累層地創造古史說」，認為我國的古史傳說是後人出於想像的創造，因此，戰國、秦、漢的學者，對黃帝、堯、舜、禹、湯的認識，似乎比他們的先輩更清楚、更明了、更系統。而這一切的進步，只是一些虛構和想像，並非有

任何證據。究竟這個說法是否足夠，似乎難以確定。然而，自清末以來，大量出土文獻破土而出，為我們提供了大量的、原始的歷史文獻，對我們研究古代的歷史文化提供了許多寶貴的材料。它們與傳世文獻互相補證，使我們對從前的各項研究重新加以驗證。結果是：有許多許多懷疑的記載得到了證實、澄清和補充。例如，王國維發現《史記・殷本紀》所載殷商先公先王及殷王世系，據殷墟卜辭所見，是大體可信的。由此而論，《史記・夏本紀》所載夏代世系，相信也是有相當的根據。

李學勤、郭志坤《中國古史尋證》說：「王國維先生學識精博、著述宏富，是中國現代學術史上學貫中西的著名學者，在哲學、文學、戲曲史、古器物、甲骨金文、殷周史、漢晉木簡、漢魏碑刻、漢唐史、敦煌文獻、西北地理、蒙元史等諸多學術研究領域作出了劃時代的貢獻，被郭沫若先生譽為中國『新史學的開山』」。其中，特別重要的是，一九二五年王國維先生在《古史新證》中提出了著名的「二重證據法」：

　　研究中國古史，為最糾紛之問題。上古之事，傳說與史實混而不分。史實之中，固不免有所緣飾，與傳說無異；而傳說之中，亦往往有史實為之素地。兩者不易區別，此世界各地所同也……至於近世，乃知孔安國本《尚書》之偽，《紀年》之不可信；而疑古之過，乃並堯、舜、禹之人物而亦疑之。其于懷疑之態度及批評之精神不無可取，然惜于古史材料未嘗為充分之處理也。吾生于今日，幸于紙上之材料外更得地下之材料。由此種材料，我輩固得據以保證紙上之材料，亦得證明古書之某部分全為實錄，即百家

不雅馴之言亦不無表示一面之事實。此二重證據法,雖在
今日始得為之。雖古書之未得證明者,不能加以否定;而
其已得到證明者,不能不加以肯定,可斷言也。

　　王國維先生的「二重證據法」,不僅是新的認識古代的方法,
新的歷史研究方法,更是有中國特色的現代考古學形成的理論先
河,具有很高的理論和方法意義,對近代中國學術的發展產生了
深遠的影響,直到今天,我們在考證某些古代史實時,仍採用王
氏的方法。

　　王國維先生一九二五年在《清華週刊》上發表的〈最近二三
十年中國新發現之學問〉一文。他認為,在最近二、三十年有四
大發現:第一,一八九八至一八九九年甲骨文的發現,改變了人
們對古代,特別是商代的看法,使「東周以上無史觀」不攻自破;
第二,西域木簡的發現,改變了人們對漢晉歷史的根本認識;第
三,敦煌文書的發現,改變了人們對經書和唐史的許多認識;第
四,清代內閣大庫三千多麻袋檔案被羅振玉搶救,使人們對明清
史研究的許多問題有了新的認識。上述四大發現,使中國學術史
有了很大的改觀。此後,王國維先生又以這四大發現為例證,在
其講議《古史新證》中對疑古思潮進行了剖析,提出了新的認識
古代的方法,即「二重證據法」就是以地上之文獻與地下之文物
互相印證。這為現代考古學,或有中國特色的現代考古學奠定了
理論基礎。清華國學研究院為中國學術界培養了一批學術骨幹,
而王國維先生的工作為由中國人主持的現代考古學發掘與研究
提供了思想的前提。

二　古文獻的亡佚情形

文獻流傳的過程中，遇上政治鬥爭、軍事行動，外族入侵、首都遷移、王朝更替等情形，都曾引致大量散佚。同時，水災、火災、蟲蛀、風化、地震等災害也為文獻圖籍帶來可怕的厄運。然而，文獻也可能經歷一個流傳─散佚─再發現─再散佚的情況。因此，文獻的聚散離合是個十分複雜的現象。民國時期，文獻學家陳登原的《古今典籍聚散考》指出中國書籍種種散佚的原因，並提出「書籍十厄」的論點。其中，最近一次是乾隆帝藉口編纂《四庫全書》而對違礙書刊的一次全面銷毀。

歷代統治者對書的文獻的摧殘，最著名的一次當然是秦始皇的焚書令。在這種「偶語《詩》、《書》者棄市」的暴政下，有些人把書籍收藏於山林屋壁之間。除此之外，歷史上也曾出現以下數種情況，令部分文獻停止在社會上流通。此外，也有些人把心愛的文獻作陪葬品。這種行為與古老的靈魂不滅的觀念有關。在這種萬物有靈、靈魂不滅的觀念的支配下，人們習慣在死者的墓中放置一些隨葬品。因此，一些死者生前使用的書籍也大量放入墓葬中，伴隨墓主度過漫漫的長夜。與第一種不同，這些書籍當時多是不算昂貴的，也不是稀世孤本，只是在重新被發現時不但是天壤間的孤本，或是一些重要的傳世文獻中最古老的一種版本。無論是前者或後者，其學術上的鉅大價值是難以比擬的。近年出土的《馬王堆帛書》、《郭店楚墓竹簡》、《上海博物館藏戰國楚竹書》和《清華簡》均屬此類作品，並引起學術界的熱烈討論。

也有一種情況，其形態雖不合於書籍的定義。它可能是一片占卜的甲骨、一個祭祀用的鼎、一支記載陪葬品數量的遣冊、一

片盟誓的玉石、一張繪畫山川鬼怪的月曆、一塊刻記先人生平的碑石、一片瓦當、一張銅鏡、一個錢幣、一個印章等等，都可能在古代遺址或墓穴中發現。這些物件的用途各有不同，但它們有著相同的東西——文字，於是便成為我們研究歷史的重要材料。這些東西或有意或無意的埋藏於地下，在千百年後重新破土而出，往往引起不少的關注。特別是同時出土又數量稍多時，很容易成為學術界的新焦點，例如周原年前出土的有字甲骨和二〇〇三年出土的陝西眉縣楊家村二十七件全都有字的西周晚年銅器（其中一件叫作「逨盤」共三百七十字，比從前著名的「史牆盤」還要多七十字）。

三　孔壁遺書

在二十世紀以前，與儒家教材最重要的出土文獻是在漢武帝時期由孔安國整理的孔壁遺書。據《漢書藝文志》的記載，漢武帝[1]晚年，魯恭王「壞孔子舊宅，以廣其宮，於其壁中得古文經傳」。這是我國歷史上有關簡牘發現的最早記載，也是有關古代文獻第一次大規模發現的最早記載。因為這批書籍是從孔宅牆壁中發現的，所以後世就把它稱為孔壁遺書。

這批簡牘書籍用漢代已不通行的周秦文字——蝌蚪文寫成，文辭古奧，頗難解讀。後來，由孔子後人、當時著名的學者孔安國加以整理。他花了很大的精力，進行了釋文、校勘、連綴等工作，然後隸定——用漢代通行的文字隸書寫成定本，在他逝世後由家人呈獻給漢武帝。

---

[1] 按：應為「景帝」之誤。

　　孔壁遺書主要包括：《尚書》四十六卷、《儀禮》五十六卷、《論語》二十一篇、《孝經》二十二章。上列四種，據《漢書藝文志》可以知道其篇名和卷數。相傳孔氏曾為其中三種（除《儀禮》外）作注解。從字體方面說，它們與漢代流行的隸書有許多不同。從內容和解釋上，其差異更大。孔壁遺書的發現，無論從文獻本身，或者從中國古代思想文化史來說，均具有重要的意義。古文經的發現，極大地推動了後世學術研究的發展進步，甚至在政治變革方面也發生了巨大的影響。到了十九、二十世紀之際，中國的出土文獻被陸續發現和整理，它們包括了記錄在甲骨、青銅器、竹簡和帛書上。除少部分材料外，它們的內容主要是反映先秦的社會文化實況。部分材料與法家和兵家的內容，但也有不少涉及儒家的教材。因此，以下先略述各種出土文獻的基本狀況，再引用較具代表性的出土儒家教材二則為例，以說明先秦儒家文獻教材的獨特價值和重要意義。

四　甲骨卜辭

　　在一九二〇年代，現代考古學介紹到來中國，而最先利用的是一九二八到一九三七年間由中央研究院歷史語言研究所考古組進行的殷墟發掘。殷墟位於河南省安陽縣，原是商朝後期的首起。由於當時統治者崇信占卜，並將占問的內容和結果刻在甲骨上，故這種文字被稱為「甲骨文」。商王朝滅亡後，這些卜骨隨之被湮沒，直至一八九九年被金石學家王懿榮重新發現。

　　李學勤先生說，甲骨卜辭全面地反映了商國政事的王室貴族生活，提供了大量有價值的商代歷史資料。首先是商代的社會史。從卜辭中可以看到商代已經相當成熟的國家，有整套的國家

制度。其次，卜辭也是珍貴的科學史史料。卜辭中有中國最早的日蝕、月蝕記錄，這也是世界史上最古老的日月蝕記錄之一。從一些有月份的氣象記載，可以考察當時安陽地區的氣候情況。此外，根據許多組合的卜辭，還可以研究殷代的歷法。第三，研究殷代的歷史地理，也必須依靠卜辭。聯繫卜辭中所記地名，系統地加以考訂，就可以指出殷代許多重要城市、山川、狩獵地點和方國的地理位置，並且了解當時各次戰事的行程。第四，卜辭還是研究古代語言文字的資料。卜辭所用文字有些字還沒有脫離繪畫的形式；但也已經出現了許多形聲字和指事字。卜辭的文法和周以後的文言文法基本相同。第五，甲骨卜辭又可以和文獻與器物銘文互相印證。例如，司馬遷的《史記》中的《殷本紀》記載了商王世系和名號，根據卜辭，知道司馬遷的記載除一兩點外都是正確的。

除殷墟外，自一九五四年起，先後在山西洪洞、北京昌平、陝西酆鎬、周原遺址、岐山鳳雛出土商末至西周等期有字甲骨約三百片。西周甲骨文的發現，使甲骨學的研究範圍擴大了。一九七七年和一九七九年，在岐山鳳雛周初官室（宗廟）遺址發掘出土了一萬七千兩百七十五片卜甲和卜骨，其中有字卜甲兩百九十二片。它的時代最早的屬周文王時，晚的可能到周昭王、穆王的時候。從上址出土的四片卜辭可能是紂王時的遺物，可能與紂王對周方伯（文王）的冊命。估計紂王的這次冊命非常隆重，在商都的宗廟中舉行。文王的卜官參與這次典禮的占卜。在冊封之後，卜官把甲骨帶回周地，因而在周原發現的這四片卜甲之商代末年的周人卜辭。

自從王國維利用甲骨文材料寫出〈殷卜辭中所見先公先王

考〉、〈續考〉和〈殷周制度論〉等重要著品作後，推動了殷墟的考古發掘工作。現代考古學真正系統地在中國展開，是從留學美國哈佛大學的李濟（字濟之，湖北鐘祥人）出任中央研究院歷語言研究所考古組主任後，主持對殷墟進行發掘開始的。而且，中國考古學從產生之日起，就形成了自己經歷鮮明的特色，就是考古研究同認識古代、研究古代傳統的歷史研究密切結合。這與其他一些國家把考古研究與美術史研究、人類學的研究及社會科學的研究相結合的特點是極不相同的。

自從一八九九年甲骨文被發現後，甲骨的搜集、綴合，甲骨文的著錄、考釋，以及分期研究大量湧現，終於產生了「甲骨學」的說法。其中，最先拓印流傳是《老殘遊記》的作者劉鶚。他的《鐵雲藏龜》（1903）是中國第一本甲骨學專刊。在文字考釋方面，第一個成果是古文獻學家孫詒讓的《契文舉例》（1904）。其後，王國維、羅振玉亦有重大貢獻。據《甲骨文編》，已發現的甲骨文單字在四千多字，經考釋被認識的約有一千多字。除了文字考釋外，學者對占卜的方法和程序，都已有一定的了解。在商代，有疑難事情每每要求神問卜，燒灼龜甲或獸骨，看甲骨上的裂痕，借以「決定」吉凶。這種占卜術在中國起源很早，如根據河南省舞陽購買湖村的發掘報告，大約已有八千年的歷史了。

甲骨文的著錄，自劉鶚以後，羅振玉有《殷虛書契前編》、《殷虛書契菁華》、《殷虛書契考釋》及《殷虛書契後編》，於甲骨文的整和甲骨學的推行，貢獻很大。直到一九八三年，由郭沫若先生主編，胡厚宣先生總編輯的《甲骨文合集》圖版十三冊出齊，共收錄甲骨四萬一千九百五十六片，當時已出材料的主要內容皆已搜羅在內。其後，新出版的有《小屯南地甲骨》、《甲骨文合集

補遺》、《懷特氏等收藏甲骨文合集》《東京大學東洋文化研究所藏甲骨文字》、《英國所藏甲骨文集》、《法國所藏甲骨錄》、《德瑞荷比所藏甲骨錄》、《天理大學附屬天理參考館藏品甲骨文字》、《蘇德美日所見甲骨集》和《甲骨續存補編》等，不斷補充了分散各地的甲骨材料。姚孝遂、趙誠把上述大部分的材料做了摹寫和釋文的工作，出版了《殷墟甲骨刻辭摹釋總集》，對歷史學者使用有關甲骨文字的材料提供了的大的方便。

最先利用甲骨文材料去重新撰寫商代史的，是彭邦炯在一九八三年完成的《商史探微》。這是第一本利用大量甲骨資料而撰寫的斷代史。二〇〇三年，胡厚宣、胡振宇父子亦把多年研究成果撰成了《殷商史》，為廣大史學工作者提供最新的研究成果。此外，對一百年來甲骨學的發展，也有學者加以歸納整理，較好的幾本有吳浩坤、潘悠的《中國甲骨學史》、陳煒湛的《甲骨文簡論》、王宇信的《甲骨學通論》、王宇信、楊升南主編的《甲骨學一百年》等，均屬歷史學工作者認識甲骨學的入門書。

關於甲骨學的最近課題，無論從信仰、禮制、方國、農業、手工業、審美意識等方面，很多學者都在進行深入的研究，例如楊升南的《商代經濟史》、宋鎮豪的《夏商社會生活史》、彭邦炯的《商代農業資料彙編》等，都是屬於較新的成果。至於甲骨的分期、卜辭的排譜、文字的考釋都正由有關方面的學者不斷嘗試開拓和深化的課題，目的是使我們對商代歷史文化的探索能有更堅實可靠的材料根基。

五　近現代出土的兩周青銅器

相傳夏禹利用遠方貢獻的材料鑄造九鼎來象徵王權後，青銅器的制造可算十分發達，在考古學上我們稱之為「青銅時代」。一般相信二里頭文化屬夏文化，其遺址已發掘出大量青銅器皿，反映「禹鑄九鼎」的古史傳說有相當的考古基礎。

到了商代，我們在早商都城（鄭州商城）遺址發掘出大量青銅器，包括數量很大的鼎。《大學》是四書的一種，其中記著湯銘刻在盤上的格言：「茍日新，日日新，又日新」，說明銅器銘刻文字的風氣可能很早出現。

究竟商代有沒有青銅製造的農業生產工具？這是一個重要的問題。在鄭州南關外鑄銅遺址，發現青銅作坊中大量鑄造生產工具的實況。在這些生產工具的陶範中，尤以青銅農具的陶範為大宗，也掘出了用這些陶範鑄成青銅斧之類的青銅農具。此外，同時期的湖北黃陂盤龍城遺址和江西清江吳城遺址，都有相同的發現。更重要的，是一九五四年在湖南寧鄉發現的一個商代中期的遺址內發現小斧兩百二十四件放在一個有蓋的獸面紋青銅罍中。由於青銅器的特點是用壞了能夠重新回爐再作為材料使用（recycling），故發現此類遺物較小。

除了農具外，兵器也用青銅鑄造的，在發現的青銅器銘文中，就有一些戰爭的紀功銘文，商、周王朝都有很龐大的軍隊。武王伐紂的牧野之戰，據《尚書》記載，商王紂發兵七十萬以拒武王，結果紂的軍隊倒戈相向。戈是當時一種主要的青銅兵器。

殷貴王室貴族最重視禮器。禮器是用來體現「禮治」的。所謂「國之大事，在祀與戎」，商周時代的宗教含有濃厚的巫術行

為，也強烈地體現於政治行為上。他們都篤信天命。紂王在被消滅前，深信「我生不有命在天！」文王也深信自己「受天有大命」，將現成為新天子。這種觀念在中國歷史上一直沒有消失。如項羽烏江自刎，也呼叫「天亡我也，非戰之罪」，歷代皇帝詔命，均以「奉天承運」開始的，反映這種觀念的根深蒂固。

在政教合一的時代，祭祀是個非常重要的活動。人牲在商代十分流行，一九七五年安陽考古發掘發現殺祭的人骨架竟有約二千具之多。商王武丁妃子婦好墓中，出土的成套青銅祭器，有近二百件之多。又商王文丁祭祀母戊的司母戊方鼎，竟重達八百七十五公斤，是傳世著名的重器。

西周自滅商以後，在極短時間內，突然湧現出一大批鑄有長篇銘文的青銅器，從銘文中發現多是祭祀周族祖先太王、王季、文王、武王的祭器。據了解，周人的興盛，不過在晚殷數十年之間（王季、文王時代），他們沒有豐厚的文化積累，在許多方面，他們是學習殷人的。新政權鑄造大量青銅禮器，在上面鑄以長篇銘文來宣揚文王、武王的善德和天命，歌頌他們軍事上的勝利。

六　近現代出土的戰國秦漢簡帛

甲骨卜辭，青銅器銘文都是具有特殊意義的器物，並不是日常生活中的主要書寫用具。古時最普遍使用的文字，在紙張廣泛應用以前，大概便是竹簡和木牘。至於較珍貴的材料則用絹帛，時代可能稍後。此種情形，商、周、秦、漢四代都是相同的。可是，由於竹木和絹帛的質料較難保存，我們現在發現的有關材料最早是戰國時代的遺物。

然而，據《尚書・多士》所載，商代有曾產生了大量典籍，

並記載了商湯革除夏桀的天命的歷史故事（原文云：「惟殷先人，有典有冊，殷革夏命。」）《中庸》也有：「文武之道，布乎方策」的記載；而《墨子・魯問》則有「書子竹帛，鏤於金石」的說法。從甲骨文的「冊」字，是竹木簡編組成冊之形，這足以證明商代已有簡冊。絹帛等絲織物，是良好的書寫物，缺點是價值昂貴，不是一般貴族的主要書寫材料。孔子弟子子張向老師請教，老師回答後，子張一時沒有竹簡在身邊，便除下身上的束腰大帶（即：紳）用來記錄夫子的教導。這個故事反映至遲在春秋晚年，絹帛已成為其中一種書寫的材料。

十九世紀末，另一次重大發現是流沙墜簡。據王國維的考證，它是屬於漢晉時代的官文書。其後，在三、四十年代發現的居延漢簡、長沙子彈庫的楚帛書，七十年代以來發現的銀雀山竹簡、八角廊竹簡、雙古堆竹簡、郭店楚簡、上博藏戰國楚竹書、清華簡等。這些發現，無論是在數量上，還是價值，都大大超過了以往的發現。

我國古代書籍源遠長。而現存的古籍已是唐、宋以來的遺物。究竟古代書籍的原始形態如何？總是沒有充分的掌握。七十年代以來發現的簡帛，有許多是戰國到漢初這一段時期的，使我們直接看到早期書籍的面貌。這對於研究古代書籍制度，無疑是十分重要的。同時，它們對於填補古史研究中史料空缺、廓清以往文獻記載錯誤等作用和價值，難以估量。

舉例來說，湖南出沙馬王堆出土帛書有大量先秦古籍。其中帛書《老子》的出土，自然對研究老子很有用。特別是《老子》的研究，關涉到儒、道兩家早期的關係，是學術史上一個特別重要的課題。帛書《老子》與世傳王弼本《老子》已有很大的差異。

《老子》又稱《道德經》，是因為全書分為兩部分（《道經》、《德經》）。帛書《老子》也有此分法，但是次序則倒轉為《德經》、《道經》，遂引發了大量的討論。最近出土的《荊門郭店楚簡》的《老子》只有二千字，共分為甲、乙、丙三組。據學者考證，這個傳本成書於戰國中葉，是現存最早的一個版本，其中最引起討論的是此二千言《老子》的作者可能就是孔子問禮的老聃。二千言《老子》對儒家學說並不像五千言的《老子》採取全盤否定的態度。五千言《老子》說：「大道廢，有仁義；慧智出，有大偽；六親不和，有孝慈；國家昏亂，有忠臣。」又說：「絕聖棄智，民利百倍；絕仁棄義，民復孝慈」。二千言《老子》說「古（故）大道廢，安又（有）正？」；又說：「絕智棄？（辯），民利百倍。絕考（巧）棄利，盜賊亡（無）有。絕偽棄慮，民復季（孝）子（？）。」兩兩相對，可見戰國中葉流行的二千言《老子》，並未絕對否定仁義、孝慈、君臣，更沒有主張「絕聖棄智」、「絕仁棄義」。有了這個二千言的《老子》，我們才能明白孔子問禮的老子這個傳說的真實含義。老、孔二兩人的學說雖各有所重，但並未如後來儒道兩家「冰炭不相容」的情況。這類思想史上的重大發現，學者預期中國學術思想史，將要全面重新改寫。

附錄一

兩則儒家出土教材文獻

一 性自命出

凡人雖有性，心亡定志，待物而後作，待悅而後行，待習而後定。喜怒哀悲之氣，性也。及其見於外，則物取之也。

性自命出，命自天降。道始於情，情生於性。始者近情，終者近義。知情者能出之，知義者能入之。

好惡，性也。所好所惡，物也。善不善，義也。所善所不善，勢也。凡性為主，物取之也。金石之有聲，師弗扣不鳴。人雖有性，心弗取不出。凡心有志也，亡與不動。心之不能獨行，猶口之不可獨言也。牛生而長，鹿生而戟，其性使然也。人者而學或使之也。凡物亡不異也者。剛之堅也，剛取之也。柔之約，柔取之也。四海之內其性一也。其用心各異，教使然也。

凡性，或動之，或逢之，或交之，或屬之，或出之，或養之，或長之。凡動性者，物也；逢性者，悅也；交性者，故也；屬性者，義也；出性者，勢也；養性者，習也；長性者，道也。

凡見者之謂物，快於己之謂悅，物之勢者之謂勢，有為也者之謂故。義也者，群善之蕝也。習也者，有以習其性也。道者，群物之道。凡道，心術為主。道四術，唯人道為可道也。其三術者，道之而已。詩、書、禮、樂，其始出皆生於人。詩，有為為之也。書，有為言之也。禮、樂，有為舉之也。聖人比其類而論

會之，觀其先後而逢訓之，體其義而節度之，理其情而出入之，然後復以教。教，所以生德於中者也。

禮作於情，或興之也，當事因方而制之。其先後之敘則義道也。或敘為之則節度也。至宗廟，所以度節也。君子美其情，貴其義，善其節，好其容，樂其道，悅其教，是以敬焉。拜，所以為敬也。其辭，度也。幣帛，所以為信與證也。其詞，義道也。笑，禮之淺澤也。樂，禮之深澤也。凡聲，其出於情也信，然後其入拔人之心也厚。聞笑聲，則鮮如也斯喜。聞歌謠，則舀如也斯奮。聽琴瑟之聲，則悸如也斯難。觀賚舞，則齊如也斯作。觀韶夏，則勉如也斯儉。養思而動心，蔚如也。其居此也久，其反善復始也慎，其出入也，司其德也。鄭衛之樂，則非其聽而從之也。凡古樂龍心，益樂龍指，皆教其人者也。賚武樂取，韶夏樂情。

凡至樂必悲，哭亦悲，皆至其情也。哀、樂，其性相近也，是故其心不遠。哭之動心也，浸殺，其音戀戀如也，戚然以終。樂之動心也，睿深欲蹈，其音則流如也以悲，倏然以思。凡憂，思而後悲。凡樂，思而後忻。凡思之用心為甚。難，思之方也。其聲變則其心變，其心變則其聲亦然。信游，哀也。躁游，樂也。湫游，聲；戲游，心也。

喜斯蹈，蹈斯奮，奮斯詠，詠斯搖，搖斯徨。徨，喜之終也。慍斯憂，憂斯戚，戚斯難，難斯舞，舞斯通。通，慍之終也。

凡學者求其心為難。從其所為，近得之矣，不如以樂之速也。

雖能其事，不能其心，不貴。求其心有為也，弗得之矣。人之不能以為也，可知也。其過十舉，其心必在焉。究其見者，情安失哉？察，義之方也。義，敬之方也。敬，物之節也。篤，仁

之方也。仁，性之方也。性或生之。忠，信之方也。信，情之方也。情出于性。愛類七，唯性愛為近仁。智類五，唯義道為近忠。惡類三，唯惡不仁為近義。所為道者四，唯人道為可道也。凡用心之躁者，思為甚。用智之疾者，患為甚。用情之至者，哀樂為甚。用身之竟者，悅為甚。用力之盡者，利為甚。目之好色，耳之樂聲，欲蹈之氣也，人不難為之死。有其為人之節節如也，不有夫簡簡之心則彩。有其為人之簡簡如也，不有夫恆怡之志則縵。人之巧言利詞者，不有夫咄咄之心則流。人之逸然可與和安者，不有夫奮作之情則柔。有其為人之快如也，弗牧不可。有其為人之泉如也，弗校不足。凡人，偽為可惡也。偽斯吝矣，吝斯慮矣，慮斯莫與之結矣。慎，仁之方也，然而其過不惡。速，謀之方也，有過則咎。人不慎斯有過，信矣。

凡人情為可悅也。苟以其情，雖過不惡；不以其情，雖難不貴。苟有其情，雖未之為，斯人信之矣。未言而信，有美情者也。未教而民恆，性善者也。未賞而民勸，含福者也。未刑而民畏，有心畏也。賤而民貴之，有德者也。貧而民聚焉，有道者也。獨處而樂，有內慧者也。惡之而不可非者，達於義者也。非之而不可惡者，篤於仁者也。行之不過，知道者也。聞道反上，上交者也。聞道反下，下交者也。聞道反己，修身者也。上交近事君，下交得眾近從政，修身近至仁。同方而交，以道者也。不同方而交，以義也。同悅而交，以德者也。不同悅而交，以猷者也。門內之治，欲其勉也。門外之治，欲其制也。凡悅人勿吝也，身必從之，言及則明舉之而毋偽。凡交毋央，必使有末。凡于咎毋畏，毋獨言。獨處則習父兄之所樂。苟無大害，少枉入之可也，已則勿復言也。

凡憂患之事欲任。樂事欲後。身欲靜而毋欺。慮欲淵而毋偽。

行欲勇而必至。容欲壯而毋拔，欲柔齊而泊。喜欲智而亡末。樂欲擇而有至。憂欲儉而毋昏。怒欲盈而毋擎。進欲遜而毋巧。退欲委而毋輕，欲皆度而毋偽。君子執志必有夫往往之心，出言必有夫簡簡之信，賓客之禮必有夫齊齊之容，祭祀之禮必有夫齊齊之敬，居喪必有夫戀戀之哀。君子身以為主心。

——原竹簡見荊門市博物館編：《郭店楚墓竹簡》，北京市：文物出版社，二〇〇五年，頁 61-66（圖版）、179-184（釋文）；二〇一一年五月二十五日摘自：

http://www.guoxue.com/lwtj/content/ycys_gdcjrjsxyjzl_01.htm，參看李零《郭店楚簡校讀記》，北京：北京大學出版社，2002 年，頁 105-120。

二　孔子詩論

行此者其有不王乎？孔子曰：詩亡隱志，樂亡隱情，文亡隱言。

寺也，文王受命矣。訟，坪德也，多言後，其樂安而遲，其歌紳而（艸易），其思深而遠，至矣！大夏，盛德也，多言也，多言難而怨退者也，衰矣！小矣！邦風，其內物也溥，觀人俗安焉，大斂材安焉。其言文，其聲善。孔子曰：惟能夫

曰：詩其猶坪門。與賤民而豫之，其用心也將何如？曰：邦風是也。民之有慼悇也，上下之不和者，其用心也將何如？

是也。有成功者何如？曰：頌是也。〈清廟〉，王德也，至矣！敬宗廟之禮，以為其本；「秉文之德」，以為其業；「肅雍[顯相]多士，秉

文之德」吾敬之。〈烈文〉曰：「乍競維人」，「不顯維德」，「於乎！前王不忘」，吾悅之。「昊天有成命，二後受之」，貴且顯矣。頌

懷爾明德，蓋成謂之也；「有命自天，命此文王」，成命之也，信矣。孔子曰：此命也夫！文王唯穀也，得乎此命也。

〈十月〉善譬言。〈雨亡政〉、〈即南山〉皆言上之衰也，王公恥之。〈小旻〉多擬，擬言不中志者也。〈小宛〉其言不惡，少有危焉。〈小弁〉、〈巧言〉則言讒人之害也。〈伐木〉實咎於期也。〈天保〉其得祿蔑疆矣，饌寡，德古也。〈祈父〉之責，亦有以也。〈黃鳥〉則困，天欲反其古也，多恥者其病之乎？〈菁菁者莪〉則以人益也。〈裳裳者華〉則

〈關雎〉之改，〈樛木〉之時，〈漢廣〉之知，〈鵲巢〉之歸，〈甘棠〉之保，〈綠衣〉之思，〈燕燕〉之情，蓋曰童而偕，賢於其初者也。〈關雎〉以色諭於禮，情愛也。〈關雎〉之改，則其思益矣。〈樛木〉之時，則以其祿也。〈漢廣〉之知，則知不可得也。〈鵲巢〉之歸，則離者好，反內於禮，不亦能改乎？〈樛木〉福斯在君子，不可得，不攻不可能，不亦知恒乎？〈鵲巢〉出以百兩，不亦有離乎？〈甘棠〉

兩矣，其四章則喻矣。以琴瑟之悅，擬好色之玩，以鐘鼓之樂及其人，敬愛其樹，其保厚矣。〈甘棠〉之愛，以召公

召公也。〈綠衣〉之憂，思古人也。〈燕燕〉之情，以其獨也。孔子曰：吾以〈葛覃〉得氏初之詩，民性固然，見其美必欲反其本。夫萬之見歌也，則

〈東方未明〉有利詞。〈將仲〉之言，不可不畏也。〈湯之水〉其

愛婦烈。〈采萬〉之愛婦

因〈木瓜〉之保，以喻其怨者也。〈杕杜〉則情憙其至也。志，既曰「天也」，猶有怨言。〈木瓜〉有臧，玩而未得達也。交

幣帛之不可去也，民性固然。其隱志必有以諭也，其言有所載而後內，或前之而後交，人不可觸也。吾以〈杕杜〉得爵貴也。〈將大車〉之囂也，則以為不可如何也。〈湛露〉之賹也，其猶（車它）與？孔子曰：〈備丘〉吾善之，〈猗嗟〉吾喜之，〈鳲鳩〉吾信之，〈文王〉吾美之，〈清[廟]〉

之。〈宛丘〉曰：「洵有情」，「而亡望」，吾善之。〈猗嗟〉曰：「四矢反」，「以禦亂」，吾喜之。〈鳲鳩〉曰：「其義一氏」，「心如結」也，吾信之。「文王在上，於昭於天」，吾美之。

〈鹿鳴〉以樂始而會，以道交，見善而效，終乎不厭人。〈兔罝〉其用人，則吾取以□□之故也，后稷之見貴也，則以文武之德也。吾以〈甘棠〉得宗廟之敬。民性故然，甚貴其人，必敬其位；悅其人，必好其所為，惡其人者亦然。

〈腸腸〉小人。〈有兔〉不逢時。〈大田〉之卒章，知言而有禮。〈小明〉不忠。〈邶柏舟〉悶。〈穀風〉背。〈蓼莪〉有孝志。〈隰有萇楚〉得而悔之也。

如此。可斯爵之矣。離其所愛，必曰吾奚舍之，賓贈氏也。孔子曰：〈蟋蟀〉知難。「仲氏君子」。〈北風〉不絕人之怨。子立不

惡而不閟。〈牆有茨〉慎密而不知言。〈青蠅〉知惓而不知人。〈涉溱〉其絕，枂而士。角（市采白）婦。《河水》知

——原竹簡見馬承源主編：《上海博物館藏戰國楚竹書（一）》，上海市：
上海古籍出版社，二〇〇一年，頁 13-41（圖版）、119-168（釋文）；
二〇一一年十二月二十二日摘自：

http://baike.baidu.com/view/544275.htm

按：以上兩則儒家材料，前者證明了戰國儒家思孟學派的性命理
論在戰國中期有重大的發展，而後者則對孔門詩教提供可靠
材料。兩者均屬出土文獻，故其可靠性不容置疑。這些材料
均屬已散佚的早期儒家教材，對研究先秦學術具有巨大的學
術價值與意義。

附錄二

孔子引《書》論《書》資料

1. 仲尼曰：知之難也。有臧武仲之知，而不容于魯國，抑有由也。作不順而施不恕也。〈夏書〉曰：「念茲在茲。」事恕施也。(《左傳·襄公二十三年》)

2. 初，昭王有疾。卜曰：「河為崇。」王弗祭。大夫請祭諸郊。王曰：「三代命祀，祭不越望。江、漢、雎、漳，楚之望也。禍福之至，不是過也。不穀雖不德，河非所獲罪也。」遂弗祭。孔子曰：「楚昭王知大道矣！其不失國也，宜哉！」〈夏書〉曰：「惟彼陶唐，帥彼天常。有此冀方，今失其行。亂其紀綱，乃滅而亡。」又曰：「允出茲在茲。」由己率常可矣。(《左傳·哀公六年》)

3. 孔子為魯司寇，有父子訟者。孔子拘之，三月不別。其父請止，孔子舍之。季孫聞之，不說，曰：是老也欺予，語予曰：「為國家必以孝。」今殺一人以戮不孝，又舍之！冉子以告。孔子慨然嘆曰：「嗚呼！上失之，下殺之，其可乎！不教其民而聽其獄，殺不辜也。三軍大敗，不可斬也；獄犴不治，不可刑也。罪不在民故也。嫚令謹誅，賊也；今生也有時，斂也无時，暴也，不教而責成功，虐也。已此三者，然後刑可即也。《書》曰：義刑義殺，勿庸以即，予維曰未有順事。」言先教也。(《荀子·宥坐》)

4. 子曰：愛親者，不敢惡于人；敬親者，不敢慢于人。愛敬盡于事親。而德教加于百姓，刑于四海。蓋天子之孝也。〈甫刑〉

云：「一人有慶，兆民賴之。」在上不驕，高而不危；制節謹度，滿而不溢。高而不危，所以長守貴也；滿而不溢，所以長守富也。富貴不離其身，然後能保其社稷，而和其民人。蓋諸侯之孝也。(《孝經》)

5.子夏讀《書》畢。子夏對曰：《書》之于事也，昭昭乎若日月之光明，燎燎乎如星辰之錯行，上有堯、舜之道，下有三王之義，弟子所受于夫子者，志之于心不敢忘。雖居蓬戶之中，彈琴以詠先王之風。有人亦樂之，天人亦樂之，亦可發憤忘食矣。《詩》曰：衡門之下，可以棲遲。泌之洋洋，可以樂飢。夫子造變容，曰：嘻！吾子殆可以言《書》矣。然子以見其表，未見其裏。顏淵曰：其表已見，其裏又何有哉？然藏又非難也。丘嘗悉心盡志，已入其中，前有高岸，後有深谷，泠泠然如此，既立而已矣。不能見其裏，蓋未謂精微者也。(《韓詩外傳·卷二》)

6.孔子行，簡子將殺陽虎，孔子似之，卷甲以圍孔子舍。子路慍怒，奮戟將下。孔子止之曰：「由！何仁義之寡裕也。夫《詩》、《書》之不習，禮樂之不講，是丘之罪也。命也夫！歌，予和若。」子路歌孔子和之，三終而圍罷。(《韓詩外傳·卷六》)

7.孔子曰：入其國，其教可知也。其為人也，溫柔敦厚，《詩》教也；疏通知遠，《書》教也；廣博易良，《樂》教也；絜淨精微，《易》教也；恭儉莊敬，《禮》教也；屬辭比事，《春秋》教也。故《詩》之失愚，《書》之失誣，《樂》之失奢，《易》之失賊，《禮》之失煩，《春秋》之失亂。其為人也，溫柔敦厚而不愚，則深于《詩》者也；疏通知遠而不誣，則深于《書》

者也；廣博易良而不奢，則深于《樂》者；絜淨精微而不賊，則深于《易》者也；恭儉莊敬而不煩，則深于《禮》者也；屬辭比事而不亂，則深于《春秋》者也。(《禮記·經解》)

8.子云：善則稱君，過則稱己，則民作忠。〈君陳〉曰：爾有嘉謀嘉猷，入告爾君于內，女乃順之于外，曰：「此謀此猷，惟我君之德。」于乎！是惟良顯哉！

子云：善則稱親，過則稱己，則民作孝。〈大誓〉曰：「予克紂，非予武，惟朕文考無罪；紂克予，非朕文考有罪，惟予小子無良。」(《禮記·坊記》)

9.子云：父子不同位，以厚敬也。《書》云：「厥辟不辟，忝厥祖。」(《禮記·坊記》)

10.子曰：君子不失足于人，不失色于人，不失口于人。是故君子貌足畏也，色足憚也，言足信也。〈甫刑〉曰：「敬忌而罔有擇言在躬。」(《禮記·表記》)

11.子曰：以德報德，則民有所勸；以怨報怨，則民有所懲。《詩》曰：「无言不讎，无德不報。」《大甲》曰：「民非后，无能胥以寧；后非民，无以辟四方。」(《禮記·表記》)

12.子言之曰：後世雖有作者，虞帝弗可及也已矣。君天下，生无私，死不厚其子，子民如父母，有憯怛之愛，有忠利之教；親而尊，安而敬，威而愛，富而有禮，惠而能散；其君子尊仁畏義，恥費輕實，忠而不犯，義而順，文而靜，寬而有辨。〈甫刑〉曰：「德威惟威，德明惟明。」非虞帝其次孰能如此乎？(《禮記·表記》)

13. 子曰：夫民，教之以德，齊之以禮，則民有格心；教之以政，
齊之以刑，則民有遯心。故君民者，子以愛之，則民親之；
信以結之，則民不倍；恭以蒞之，則民有孫心。〈甫刑〉曰：
「苗民匪用命，制以刑，惟作五虐之刑曰法。」是以民有惡
德，而遂絕其世也。(《禮記·緇衣》)

14. 子曰：禹立三年，百姓以仁遂焉，豈必盡仁？《詩》云：「赫
赫師尹，民具爾瞻。」〈甫刑〉曰：「一人有慶，兆民賴之。」
〈大雅〉曰：「成王之孚，下土之式。」(《禮記·緇衣》)

15. 子曰：為上可望而知也，為下可述而志也，則君不疑于臣，
而臣不惑于其君矣。尹吉（誥）曰：「惟尹躬及湯，咸有壹
德。」《詩》云：「淑人君子，其儀不忒。」(《禮記·緇衣》)

16. 子曰：政之不行也，教之不成也，爵祿之不勸也，刑罰不足
恥也。故上不可以褻刑而輕爵。〈康誥〉曰：「敬明乃罰。」
〈甫刑〉曰：「播刑之不（不字疑衍）迪。」(《禮記·緇衣》)

17. 子曰：大臣不親，百姓不寧，則忠敬不足，而富貴已過也。
大臣不治，而邇臣比矣。故大臣不可不敬也，是民之表也；
邇臣不可不慎也，是民之道也。君毋以小謀大，毋以遠言近，
毋以內圖外，則大臣不怨，邇臣不疾，而遠臣不蔽矣。〈葉
公之顧命〉曰：「毋以小謀敗大作，毋以嬖御人疾莊后，毋
以嬖士疾莊士、大夫卿士。」(《禮記·緇衣》)

18. 子曰：大人不親其所賢而信其所賤，民是以親失，而教是以
煩。《詩》云：「彼求我則，如不我得。執我仇仇，亦不我力。」
〈君陳〉曰：「未見聖，若己弗克見；既見聖，亦不克由聖。」
(《禮記·緇衣》)

19.子曰：小人溺于水，君子溺于口，大人溺于民，皆在其所褻
也。夫水近于而溺人；德易狎而難親也，易以溺人；口費而
煩，易出難悔，易以溺人；夫民閉于人，而有鄙心，可敬不
可慢，易以溺人。故君子不可以不慎也、〈太甲〉曰：「毋越
厥命以自覆也。若虞機張，往省括于厥度則釋。」〈兌命〉
曰：「惟口起羞：惟甲冑起兵，惟衣裳在笥，惟干戈省厥躬。」
〈太甲〉曰：「天作孽，可違也；自作孽，不可以逭。」〈尹
吉〉曰：「惟尹躬天見于西邑夏，自周有終，相亦惟終。」
（《禮記‧緇衣》）

20.子曰：民以君為心，君以民為體。心莊則體舒，心肅則容敬。
心好之，身必安之；君好之，民必欲之。心以體傷；君以民
存，亦以民亡。《詩》曰：「昔吾有先正，其言明且清，國家
以寧，都邑以成，庶民以生；誰能秉國成？不自為正，卒勞
百姓。」〈君雅〉曰：「夏日暑雨，小民惟曰怨；資冬祁寒，
小民亦惟曰怨。」（《禮記‧緇衣》）

21.子曰：言有物而行有格也；是以生則不可奪志，死則不可奪
名。故君子多聞，質而守之；多志，質而親之；精知，略而
行之。〈君陳〉曰：「出入自爾師虞，庶言同。」《詩》云：「淑
人君子，其儀一也。」（《禮記‧緇衣》）

22.子曰：言從而行之，則言不可飾也；行從而言之，則行不可
飾也。故君子寡言而行，以成其信，則民不得大其美而小其
惡。《詩》云：「白圭之玷，尚可磨也；斯言之玷，不可為也。」
〈小雅〉曰：「允世君子，展其大成。」〈君奭〉曰：「昔在
上帝，周田觀文王之德，其集大命于厥躬？」（《禮記‧緇衣》）

23.子曰：南人有言曰：「人而無恒，不可以為卜筮。」古之遺
言與？龜筮猶不能知也，而況于人乎？《詩》云：「我龜既
厭，不我告猶。」〈兌命〉：爵無及惡德，民立而正事。」「純
而祭祀，是為不敬；事煩則亂，事神則難。」《易》曰：「不
恒其德，或承之着。」「恒其德偵，婦人吉，夫子凶。」(《禮
記‧緇衣》)

24.孔子曰：吾于〈高宗肜日〉，見德之有報之疾也。(《尚書大
傳‧殷傳》)

25.孔子曰：吾于〈洛誥〉也，見周公之德，高明于上下，勤施
四方，旁作穆穆，至于海表，莫敢不來服，莫敢不來享，以
勤文王之鮮光，以揚武王之大訓，而天下大治。故曰：聖之
與聖也，猶規之相周，矩之相襲也。(《尚書大傳‧周傳》)

26.孔子曰：古之刑者省之，今之刑者繁之。其教，古者有禮然
後有刑，是以刑省也。今也反是，無禮而齊人之以刑，是以
繁也。《書》曰：「伯夷降典，折民以刑。」謂有禮然後有刑
也。又曰：「茲殷罰有倫。」今也反是。諸侯不同聽，每君
異法，聽無有倫。是故知法難也。(《尚書大傳‧周傳》)

27.虞人與芮人質其成于文王。入文王之境，則見其人民之讓為
士大夫；入其國，則見其士大夫讓為公卿。二國者相謂曰：
其人民讓為士大夫，其士大夫讓為公卿，然則此其君亦讓以
天下而不居矣。二國者未見文王之身而讓其所爭，以為閑田
而反。孔子曰：「大哉，文王之道乎！其不可加矣！不動而
變，無為而成，敬慎恭已而虞、芮自平。」故《書》曰：「惟
文王之敬忌。」此之謂也。(《說苑‧君道》)

28.孔子曰：存亡禍福，皆在己而已。天災地妖，亦不能殺也。
昔者殷皇帝辛之時，爵生烏于城之隅，工人占之曰：凡小以
生巨，國家必祉，王名必倍。帝辛喜爵之德，不治國家，亢
暴無極，外寇乃至，逐亡殷國。此逆天之時，詭福反為禍也。
至殷王武丁之時，先王道缺，刑法弛，桑穀俱生于朝，七日
而大拱。工人占之曰：桑穀者，野物也。野物生于朝，意朝
亡乎？武丁恐駭，側生修行，思昔先王之政，興滅國，繼絕
世，舉逸民，明養老之道。三年之後，遠方之君重譯而朝者
六國。此迎天時，得禍反為福也。故妖孽者，天所以警天子、
諸侯也；靈夢者，所以警士大夫也影響。故妖孽不勝善政，
靈夢不勝善行也。至治之極，禍反為福。故〈太甲〉曰：「天
作孽，猶可違；自作孽，不可逭。」(《說苑‧敬慎》)

後記

　　本書能夠順利完成，曾獲澳門大學研究及發展事務辦公室（R&DAO）的年度經費資助。而稿件的後期整理工作，是由研究助理溫如嘉女士協助完成。這部小書篇幅雖少，但有關章節的寫作時間前後已達十年之久。書中部分內容曾在中、港、台的學術刊物發表，部分則是新近完成的文稿。這些書稿均以先秦儒家教材為主，學科領域屬於教育史的分支—教材史研究。由於中國傳統教材是一個尚待完善補充的研究領域，其中涉及的範疇十分廣泛。僅以先秦為例，在百家爭鳴的戰國時代，除儒家教材外，還可包括道家、法家、墨家、名家、兵家等重要學派的教材。此外，商、周、春秋時代的官學教育時代的教材，也是一個值得繼續探究的課題。隨着近百年來出土文獻的不斷發現，為教材史的研究增添了不少寶貴的新史料。此外，在秦漢以後的經學時代，除了以經書為主的儒家教材外，其實還有不少專科教材，例如醫學、律學、算學、農學、地學、語文、歷史等領域的大量教材。由此而言，教材史研究是一個需要更多學者積極參與和開拓的領域，而這部小書的面世，希望能做到拋磚引玉的作用，引起更多教育史研究同工的關注和參與。

張偉保

誌於澳門大學橫琴新校區宿舍

2013 年 11 月 3 日

史學研究叢書 · 歷史文化叢刊 0602005

先秦儒家教材研究：以《詩》、《書》為中心

作　　　者	張偉保
責任編輯	吳家嘉
編　　　輯	游依玲
編輯助理	楊子葳
發 行 人	林慶彰
總 經 理	梁錦興
總 編 輯	張晏瑞
編 輯 所	萬卷樓圖書股份有限公司
排　　　版	林曉敏
印　　　刷	百通科技股份有限公司
封面設計	百通科技股份有限公司

發　　　行　萬卷樓圖書股份有限公司

臺北市羅斯福路二段 41 號 6 樓之 3

電話 (02)23216565

傳真 (02)23218698

電郵 SERVICE@WANJUAN.COM.TW

香港經銷　香港聯合書刊物流有限公司

電話 (852)21502100

傳真 (852)23560735

ISBN 978-957-739-833-8

2013年12月初版一刷

定價：新臺幣240元

如何購買本書：

1. 劃撥購書，請透過以下郵政劃撥帳號：

帳號：15624015

戶名：萬卷樓圖書股份有限公司

2. 轉帳購書，請透過以下帳戶

合作金庫銀行　古亭分行

戶名：萬卷樓圖書股份有限公司

帳號：0877717092596

3. 網路購書，請透過萬卷樓網站

網址 WWW.WANJUAN.COM.TW

大量購書，請直接聯繫我們，將有專人為

您服務。客服：(02)23216565　分機 610

如有缺頁、破損或裝訂錯誤，請寄回更換

版權所有 · 翻印必究

Copyright©2013 by WanJuanLou Books CO., Ltd.

All Right Reserved　　　　Printed in Taiwan

國家圖書館出版品預行編目資料

先秦儒家教材研究：以《詩》、《書》為中心 /
張偉保著. -- 初版. -- 臺北市 ：萬卷樓,
2013.12

面 ；　公分. -- (史學研究叢書)

ISBN 978-957-739-833-8(平裝)

1.詩經　2.書經　3.研究考訂

831.18　　　　　　　　　　102023901